信天游

韩玉臣诗词集

韩玉臣 著

中国文联出版社
http://www.clapnet.cn

图书在版编目(CIP)数据

信天游 : 韩玉臣诗词集 / 韩玉臣著. -- 北京 : 中国文联出版社, 2020.11

ISBN 978-7-5190-4349-0

Ⅰ. ①信… Ⅱ. ①韩… Ⅲ. ①诗词－作品集－中国－当代 Ⅳ. ①I227

中国版本图书馆 CIP 数据核字(2020)第 200770 号

信天游:韩玉臣诗词集

Xintianyou:Han Yuchen Shiciji

作　　者：韩玉臣

终 审 人：朱彦玲　　复 审 人：曹艺凡
责任编辑：周劲松　　责任校对：王　雄　宋国占
题字插图：韩玉臣　　责任印制：陈　晨

出版发行：中国文联出版社
地　　址：北京市朝阳区农展馆南里 10 号，100125
电　　话：010-85923039（咨询）85923000（编务）85923020（邮购）
传　　真：010-85923000（总编室）010-85923020（发行部）
网　　址：http://www.clapnet.cn　　http://www.claplus.cn
E - mail：clap@clapnet.cn　　zhoujs@clapnet.cn

印　　刷：北京启航东方印刷有限公司
装　　订：北京启航东方印刷有限公司
本书如有破损、缺页、装订错误，请与本社联系调换

开　　本：710×1000　　1/16
字　　数：218千字　　印　张：18.25
版　　次：2020 年 11 月第 1 版　　印　次：2020 年 11 月第 1 次印刷
书　　号：ISBN 978-7-5190-4349-0
定　　价：68.00 元

韩玉臣

第十、十一、十二届全国人大代表，全国五一劳动奖章获得者，中国艺术研究院特聘研究员，俄罗斯列宾美术学院名誉教授。

1954 年生，“文革”初期由于特殊的社会环境和家庭政治背景，遭受诸多磨难。

1970 年进入企业工作，主编厂报《钢铁工人》，负责美术宣传和新闻报道工作。

1979 年转行经商，先后在邯郸市百货公司任资料员、办公室主任。撰写的经济理论文章发表于相关报刊，油画作品入选省、市美术展览。

1987 年担任邯山商场总经理，之后担任阳光百货集团董事长。与时俱进，锐意改革，扩建邯山商场，新建万达、新世纪广场和天鸿商场，发展家电和超市连锁，使阳光集团成为邯郸商业龙头企业，跃居全国零售企业百强。

幼蒙庭训，喜书法，好丹青。先后在中国国家博物馆、俄罗斯列宾美术学院、法国巴黎莱斯皇家装饰博物馆、意大利佛罗伦萨美帝奇宫和热那亚公爵宫、乌克兰基辅国立美术馆举办西藏题材画展。

油画作品《牧羊女》荣获“第 152 届法国国家艺术沙龙展”金奖、《朝拜路上》荣获“第 225 届法国艺术家沙龙展”铜奖。先后荣获“第 12 届佛罗伦萨国际当代艺术双年展”最高荣誉“伟大的洛伦佐终身成就奖”、乌克兰“克拉夫丘克总统荣誉勋章”。

出版的文学作品有《子归情——韩玉臣诗词集》《火花·感悟——韩玉臣谈艺录》《碎石印痕——韩玉臣阳光三十年创业谈》。

出版的艺术作品有《韩玉臣油画作品集》《雪域梦幻——韩玉臣西藏风光摄影集》《韩玉臣书法集》。

|序|

凌云好唱“信天游”

2016年11月30日，高朋吴震启先生在人民大会堂出席全国第十次文代会之暇，发来“微信”：“周公亡500年而有孔子，孔子亡2500年而诗未亡。适逢盛世，传统文化复兴，诗赋文运繁荣。有韩君玉臣先生者，企业经营之成功人士，前已有诗词集《子规情》问世，今又有200首新作付梓。命吾侪为之序。”

子曰：“益者三乐，乐节礼乐，乐道人之善，乐多贤友。”震启乃当世“三乐”之益者。吾深深感佩追慕之而不及也。

吾问：“玉臣为商海人士，何钟情于诗词？”

震启曰：“玉臣博识而笃志，多才而敏行，切近而思深，饱学养而近仁者也。”

震启亦尝谓玉臣曰：“君全力经营，谋利有道，而后有大用于社会人民，何必倾心苦吟也。”

玉臣曰：“唯唯，否否，不然也！吾虽不慧，亦知不学诗无以言乃圣训也。更知行于世必‘志于道，据于德，依于仁，游于艺’也。于诗词，吾知之，好之，亦乐之也。虽非君子，亦应不器也。”

玉臣曰：“吾知天命，正值耳顺之年矣。读往圣之书，吟名家之诗，知诗之可以兴，可以观，可以群，可以怨。居江湖之远，可以忧父老之艰辛；思庙堂之高，可以追家国之梦想，喜怒哀乐可以寄鸟兽草木之名也。”

玉臣曰:“尽人皆知，黄帝制音律以调八方，舜帝弹琴弦以歌南风，吟唱‘南风之薰兮，可以解吾民之愠兮’。吾商海搏击有年，思父老之艰辛，思家国之重任，思江山之壮美，思梦想之恢宏，感荡心灵，‘行有余力，则以学文’，而跃跃抒诸诗赋歌吟也。”

震启曰:“玉臣先生为人，敬而无失，与人恭而有礼；四海之内，皆有其兄弟，其书可读，其人可交也。于诗，玉臣可谓绘事后素者也，真可以与言诗已矣。”

听震启之言，开吾侪之茅塞，知玉臣于诗，乃真性情之歌吟也。

又玉臣有言:“吾生也有涯，而无涯惟智。愿仰望山河，咀嚼文义。文果载心，余心有寄也。”

吾闻之，为之肃然起敬。

与震启交谈甚欢，既而收到玉臣先生诗集文稿，命名“信天游”，其“神州揽胜”“域外撷英”“商海艺坛”“题跋贺赠”各章，皆怡情悦性之作，风雅优游之文也。乃知玉臣诗情烂漫，恢宏壮阔而又畅想自由也。读如渴饮，吟而击节。知玉臣执掌阳光集团于邯郸，遥思这成语丰饶之古都，心生黄粱一梦，欲到邯郸学步也。

余谓震启曰:“君子以文会友，以友辅仁。吾虽不才，愿以玉臣为友也。读其诗，思其人，知玉臣真金刚玉质之臣也。引为诗词同好，乃谨记数言，聊以为序。”

王改正

（中华诗词学会原秘书长）

目录

神州揽胜

域外撷英

商海艺坛

题跋贺赠

神州揽胜

浪淘沙

乔家大院[①]感怀

2006 年 5 月

墙高庭院大，
照壁流霞。
雕梁画栋红灯挂。
百年艰辛成巨贾，
汇通天下。[②]

诚信杜私狭，
家训[③]堪佳。
晋商声名播华夏。
山河破碎奈若何，
尽日桃花。[④]

---

① 山西祁县乔家大院建筑宏大、装饰精巧，为当时的代表性建筑。

② 以票号形式实行资金汇兑，范围为全国十几个省。

③ 乔家的 6 条家训言简意赅，内容深刻。

④ 随着外敌入侵，外国银行挤兑，乔家历经 270 年后衰落。

壶口瀑布①

2006 年 5 月

百尺峡口似陡壶，
挤出天河滚浪花。
水雾弥漫喧声震，
日映彩虹挂山崖。

① 黄河壶口瀑布位于山西吉县与陕西宜川交界处，黄河流经此地时，由于两岸高山夹捧，河水犹如进入一个狭窄的瓶颈，由原来的 300 米骤然缩为 50 多米，形成了落差 50 多米的马蹄状瀑布。

山东成山天尽头[①]

2006 年 5 月

苍松簇拥成山俨，
观潮闻涛天际边。
始皇寻仙留遗迹[②]，
武帝祭神书赤雁[③]。
灯塔垂泣雾笛幽[④]，
水师覆灭留宿憾[⑤]。
心绪起伏凝界碑[⑥]，
国威高扬路漫漫。

① 山东成山东临黄海，为我国陆地的最东边，故有“天尽头”之称。

② 秦始皇为寻长生不老药而东巡成山，留下了不少遗迹。

③ 汉武帝到成山祭拜八神，写下《赤雁歌》。

④ 成山有灯塔和雾天的鸣笛，以便航行。

⑤ 指甲午战争，清朝的北洋水师在此覆灭。

⑥ 山上竖有我国海岸线界碑。

布达拉宫

2006 年 6 月

高踞红山[①]绕紫烟，
梵宫[②]壮丽冠人寰。
雕梁画栋鎏金顶，
万众朝宗呗唱喧。

① 布达拉宫建在海拔 3700 米的红山上。

② 布达拉宫殿主楼高 117 米，红、黄、白三色相间，日出落霞映出不同的颜色变化。

拉　萨

2006 年 6 月

四面莲花[①]拥布宫[②]，
绕城玉带[③]水声淙。
楼新路阔华灯灿[④]，
雪域明珠气象雄。

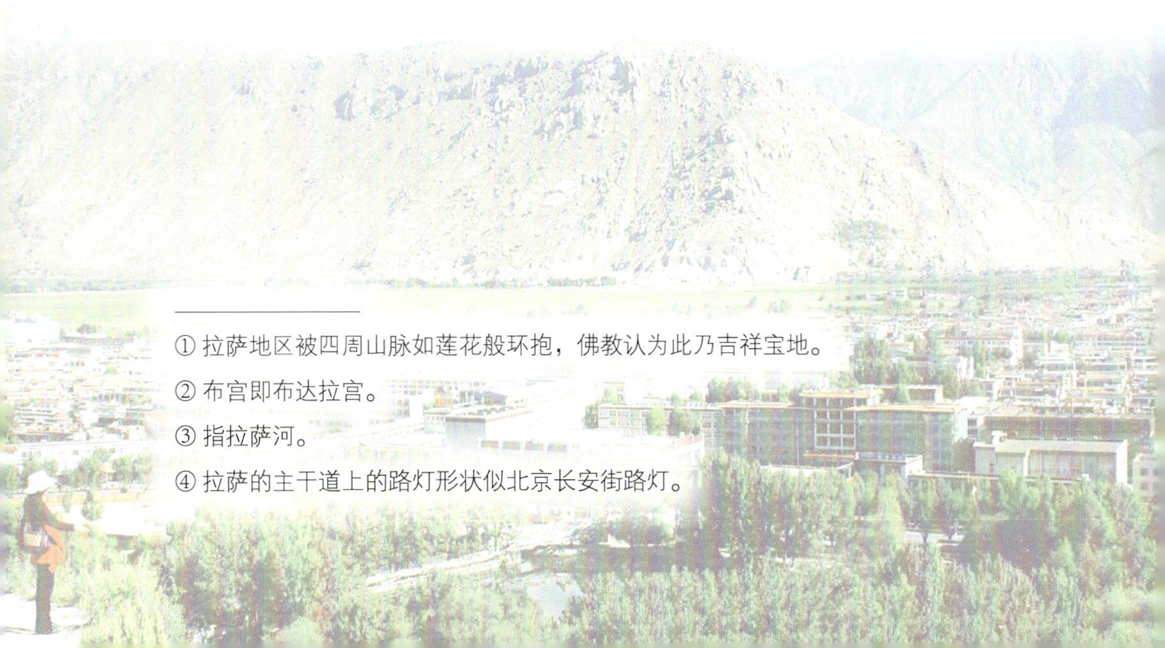

① 拉萨地区被四周山脉如莲花般环抱，佛教认为此乃吉祥宝地。

② 布宫即布达拉宫。

③ 指拉萨河。

④ 拉萨的主干道上的路灯形状似北京长安街路灯。

大昭寺[①]

2006 年 6 月

紫檐金顶殿辉煌，
佛祖等身[②]世代昌。
万盏油灯明日月，
信徒席地诵嘉祥。

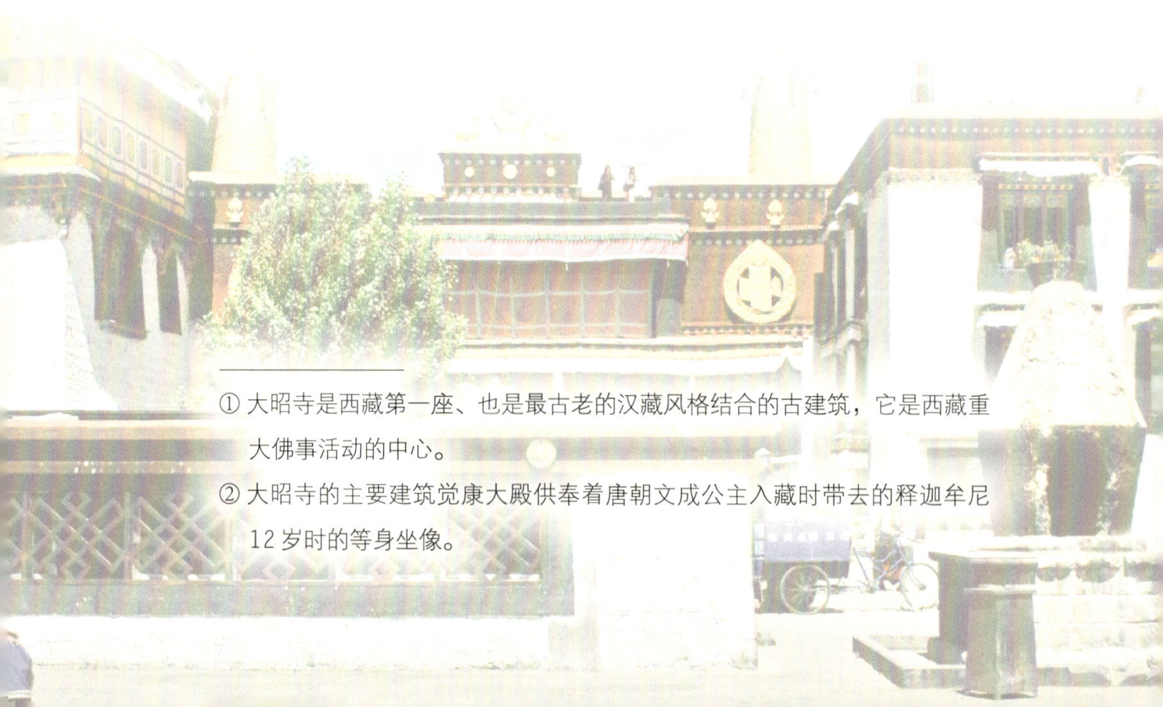

① 大昭寺是西藏第一座、也是最古老的汉藏风格结合的古建筑，它是西藏重大佛事活动的中心。

② 大昭寺的主要建筑觉康大殿供奉着唐朝文成公主入藏时带去的释迦牟尼 12 岁时的等身坐像。

唐古拉山[①]

2006 年 6 月

高原六月扬雪花，[②]
雄姿伟岸罩轻纱。
云雾穿行车做辇，
幻影仙境唐古拉。

---

① 唐古拉山位于青海与西藏的交界处，海拔 5231 米，山峰耸立，壮观雄奇。

② 我们到此山时正好下雨，因气温低而成飘雪。

可可西里

2006 年 6 月

朔风凛冽侵衣寒，
伫视英碑[1]泪自弹。
荒域无人灵性布，[2]
羚羊殊性更无前。

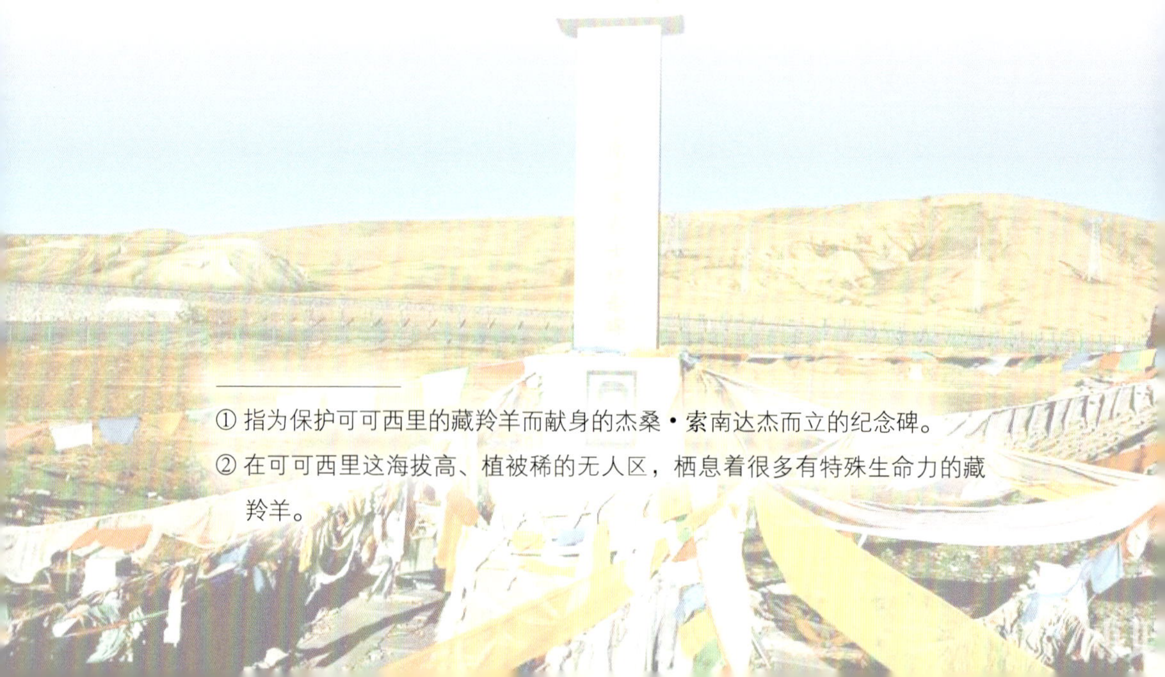

① 指为保护可可西里的藏羚羊而献身的杰桑·索南达杰而立的纪念碑。

② 在可可西里这海拔高、植被稀的无人区，栖息着很多有特殊生命力的藏羚羊。

巴松措湖[①]

2006 年 6 月

薄雾氤氲云脚垂，
山青湖碧鹭鹚飞。
起伏峥嵘雪峰现，
落霞透映耀金辉。

① 巴松措湖由雪山融化的水和雨水相积而成，水色碧绿，群山环绕。

林　芝[①]

2006 年 6 月

树郁花繁莹雪积，
一山据美乃林芝。
碧波[②]宣泄映苍翠，
瑞士风光堪比奇。

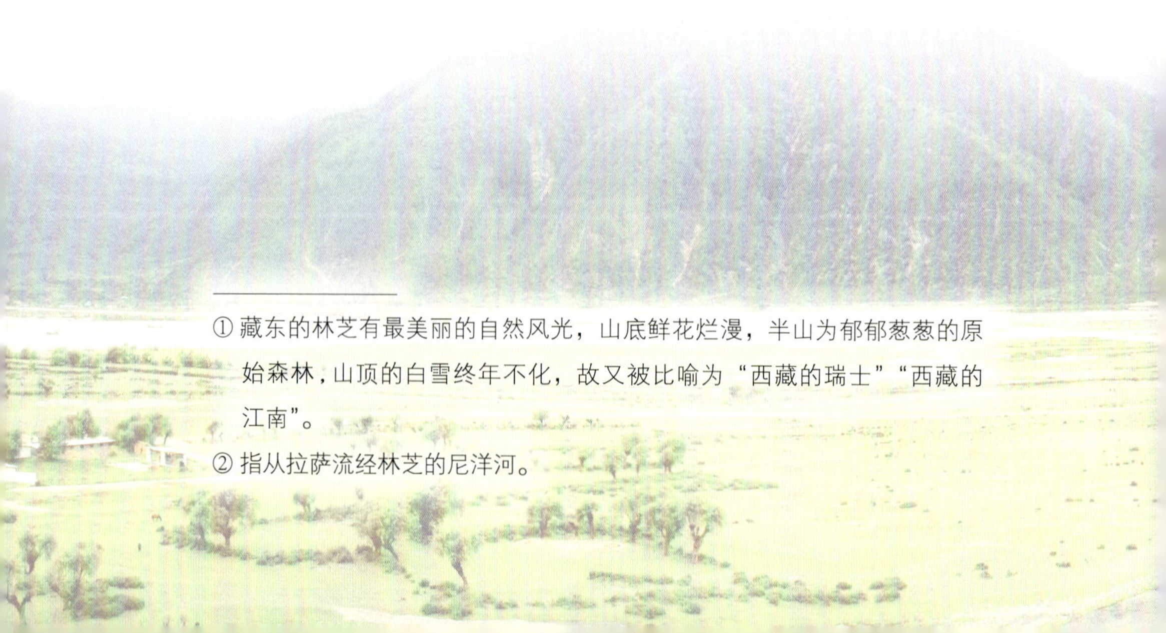

① 藏东的林芝有最美丽的自然风光，山底鲜花烂漫，半山为郁郁葱葱的原始森林，山顶的白雪终年不化，故又被比喻为“西藏的瑞士”“西藏的江南”。

② 指从拉萨流经林芝的尼洋河。

日喀则①

2006 年 6 月

珠峰②雪映两江③限，
五谷丰登名远蜚。④
十世班禅法身在，⑤
扎什伦布⑥佛光辉。

---

① 日喀则位于拉萨以西 250 公里，是西藏第二大城市，也是后藏地区的政治、经济、宗教和文化中心。

② 珠穆朗玛峰在日喀则境内。

③ 年楚河与雅鲁藏布江在日喀则交汇。

④ 日喀则农牧业发达，有“西藏粮仓”之称。

⑤ 十世班禅于 1989 年因给几万名信徒施福，在日喀则扎什伦布寺圆寂。

⑥ 扎什伦布寺是规模仅次于布达拉宫的寺院。

广西靖西通灵峡谷[①]

2006 年 11 月

树繁藤缠天一线，[②]
峻峭群峰钟乳悬[③]。
壮家棺崖藏神秘，[④]
暗河泉涌浪急旋。
远眺千仞飞白练，
近观洞涵水瀑帘。
竹掩木楼点点缀，
偶闻情歌[⑤]阵阵传。

---

① 通灵峡谷位于广西靖西县境内，长 28000 米，宽 200 米，深 300 米，由地下暗河贯通联结，峡谷有落差 188 米的瀑布。

② 峡谷珍稀植物繁多，且有不少为国家重点保护品种。

③ 峡谷钟乳石到处可见。

④ 峡谷的岩洞内存有壮族逝者的棺木，这种现象令人不解。

⑤ 壮族人喜欢唱歌，尤喜以村歌形式谈情说爱。

广西大新明仕田园[①]

2006 年 11 月

稻禾金灿[②]奇峰立，
凤尾[③]婀娜芭蕉碧。
明仕静寂锦鳞跃，
少女弄波浣绣衣[④]。

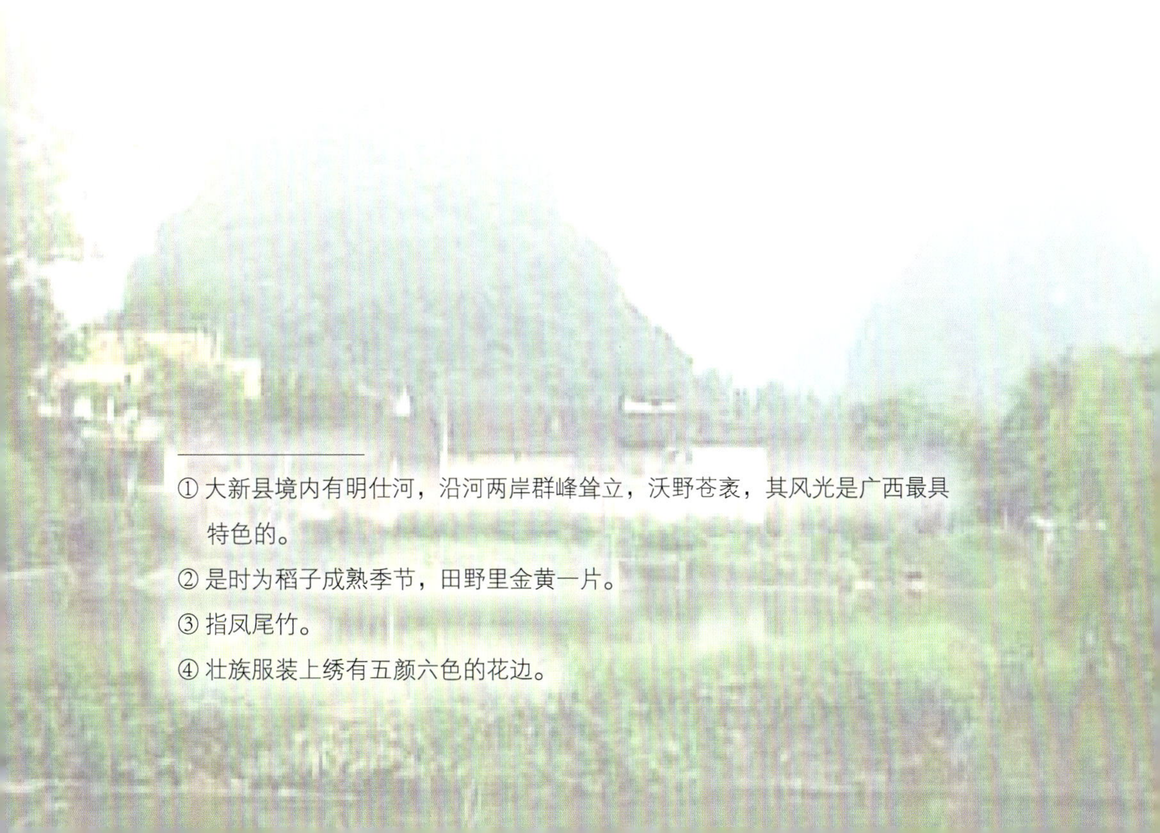

① 大新县境内有明仕河，沿河两岸群峰耸立，沃野苍袤，其风光是广西最具特色的。

② 是时为稻子成熟季节，田野里金黄一片。

③ 指凤尾竹。

④ 壮族服装上绣有五颜六色的花边。

广西德天瀑布①

2006 年 11 月

飞瀑天泻破青山，
喧声风送雨阵萋。
竹筏为舟行两岸，
情系归春代永依②。

① 德天瀑布位于中国广西大新县，与越南板约瀑布相连，是亚洲第一、世界第四的跨国瀑布。

② 归春河为中越界河，两岸居民通商、通婚，唇齿相依。

嘉峪关讨籁河

2007 年 1 月

讨籁依崖筑堠墩，
汉军热血染辕门。
雕弓弦劲匈奴灭，
大漠长河迟暮晖。

襄樊隆中诸葛草庐口占

2007 年 5 月

演义[①]问世名天下，
孔明引发两阳[②]争。
千年官司谁能断，
溯源寻根怨贯中[③]。

① 指《三国演义》。

② “两阳”即河南的南阳和湖北的襄阳。

③ 指《三国演义》作者罗贯中。

谒襄阳米公祠[①]

2007 年 5 月

隆中[②]毓秀通神灵，
俊逸挥毫沐江风[③]。
米公[④]颠狂书坛最，
惊俗骇世《研山铭》[⑤]。

---

① 米芾乃宋代书法家，曾居襄阳。

② 隆中位于襄阳之北，山青水秀，林茂花繁。

③ 米公祠紧邻长江。

④ 米芾又称“米颠”。

⑤《研山铭》为米芾具有代表性的书法作品，曾流失海外。2005 年，上海博物馆以 2999 万元购回，成为震惊书坛的佳话。

游武当山

2007 年 5 月

棘木层峦郁葱笼，
群峰突兀吻苍穹。
紫宵①参禅游三界，
金顶②悟道跃九重。

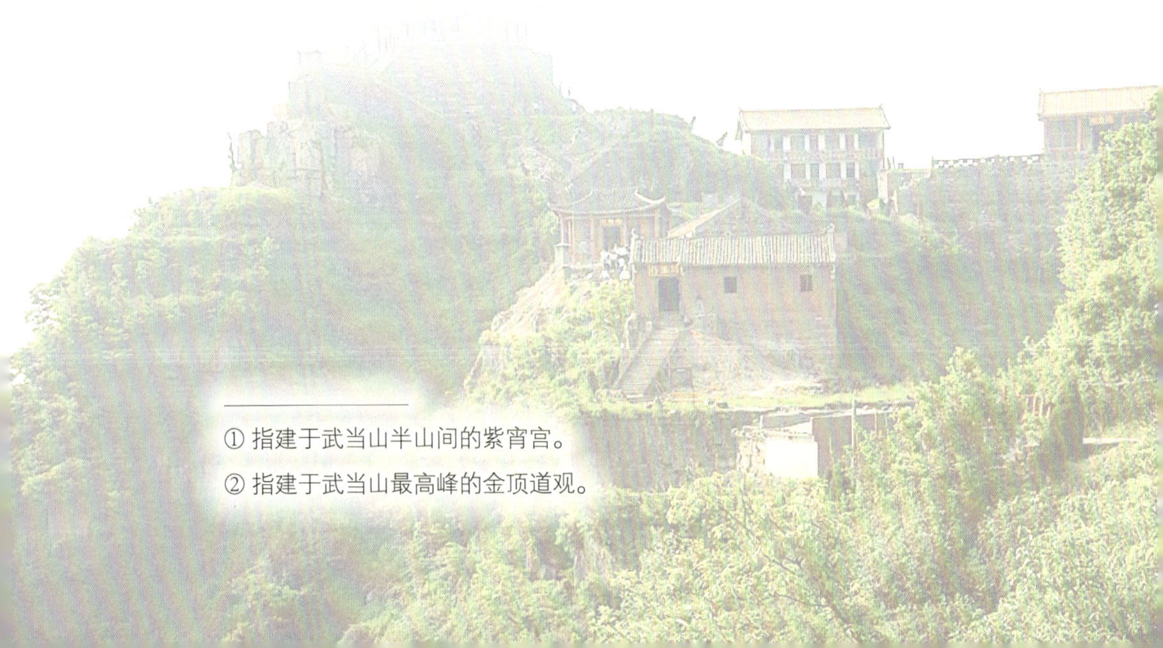

① 指建于武当山半山间的紫宵宫。

② 指建于武当山最高峰的金顶道观。

踏莎行

湖北神农架

2007 年 5 月

林茂花繁，
香溪①急下，
红坪十里天然画。②
石奇板壁③卧龙龟，
剑峰云海浮山垭④。

月朗风清，
润冬凉夏，
竹楼歌荡频挥斝。
珍禽异兽匿天国，
野人⑤悬谜神农架。

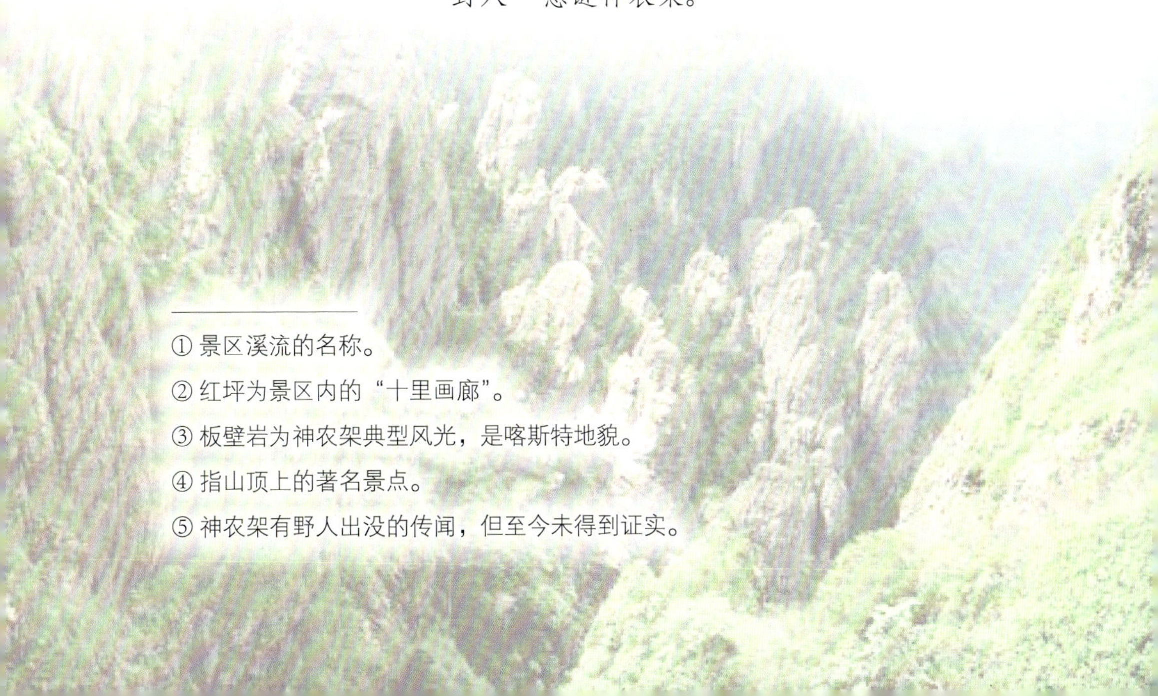

① 景区溪流的名称。
② 红坪为景区内的“十里画廊”。
③ 板壁岩为神农架典型风光，是喀斯特地貌。
④ 指山顶上的著名景点。
⑤ 神农架有野人出没的传闻，但至今未得到证实。

南阳卧龙岗①

2007 年 5 月

独山②白水③隐卧龙，
草庐耕读比管仲。
分合大计三酬顾，
鞠躬尽瘁万世名。

① 诸葛亮在南阳结草庐躬耕地。

② 南阳有一座山，山上的岩石多为玉料，故称“独山玉”。

③ 指南阳的白河。

承德塞罕坝[①]

2007年7月

雨涤山青云迭起，
林秀草茂翠欲滴。
盛夏联谊遁坝上，
低吟浅酌裹寒衣。

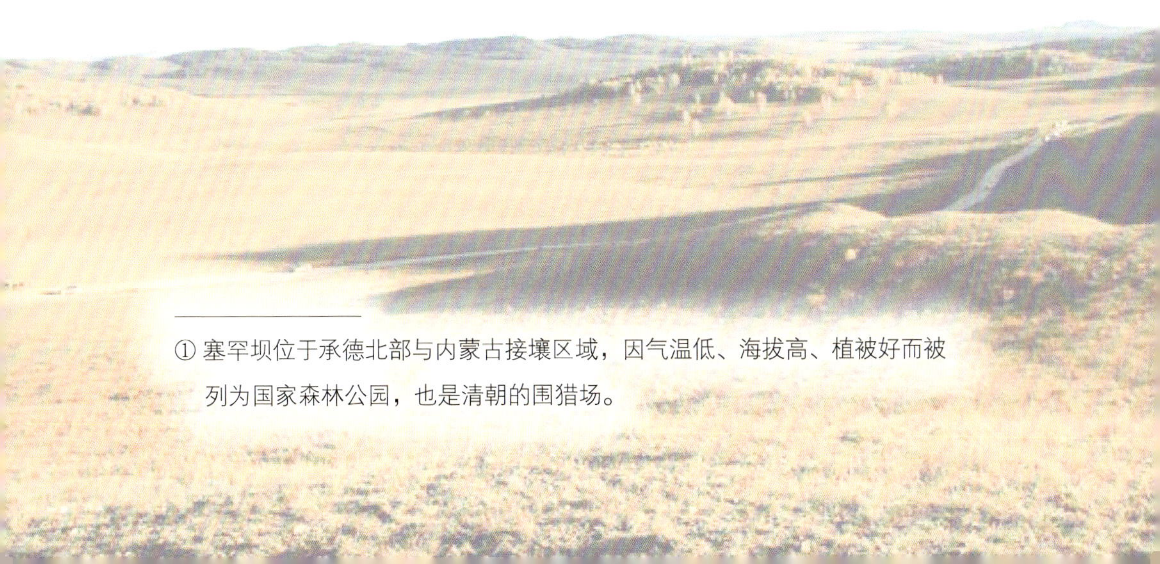

① 塞罕坝位于承德北部与内蒙古接壤区域，因气温低、海拔高、植被好而被列为国家森林公园，也是清朝的围猎场。

浪淘沙

四川雅安烈羊背

2007 年 8 月

崇岭列瑶簪，
江渓潺湲。
斑斓锦缎罩层田。
茅舍竹楼闻犬吠，
袅袅炊烟。

山陡行路难，
远避嘈喧。
桃园耕读慕陶潜[1]。
僻壤堪能远污染，
唯祝长安。

① 指陶渊明。

江西三清山

2007年8月10日

雄奇伟岸怪岩悬，
波谲云诡变幻千。
羸弱高深多羽客，
三宫[①]钟鼓不知年。

① 指山上的太极、太虚、太清三座宫殿。

踏莎行

泸沽湖[1]

2008 年 10 月

格姆[2]萦环，
层峦叠嶂，
湖光潋滟舒眸望。
水清鱼跃野鸭戏，
猪槽船[3]逐飞波浪。

幽寨星繁，
情歌对唱，
绕篝劲舞堪豪放。
摩梭婚俗[4]尚依然，
幻成阿柱[5]通宵荡。

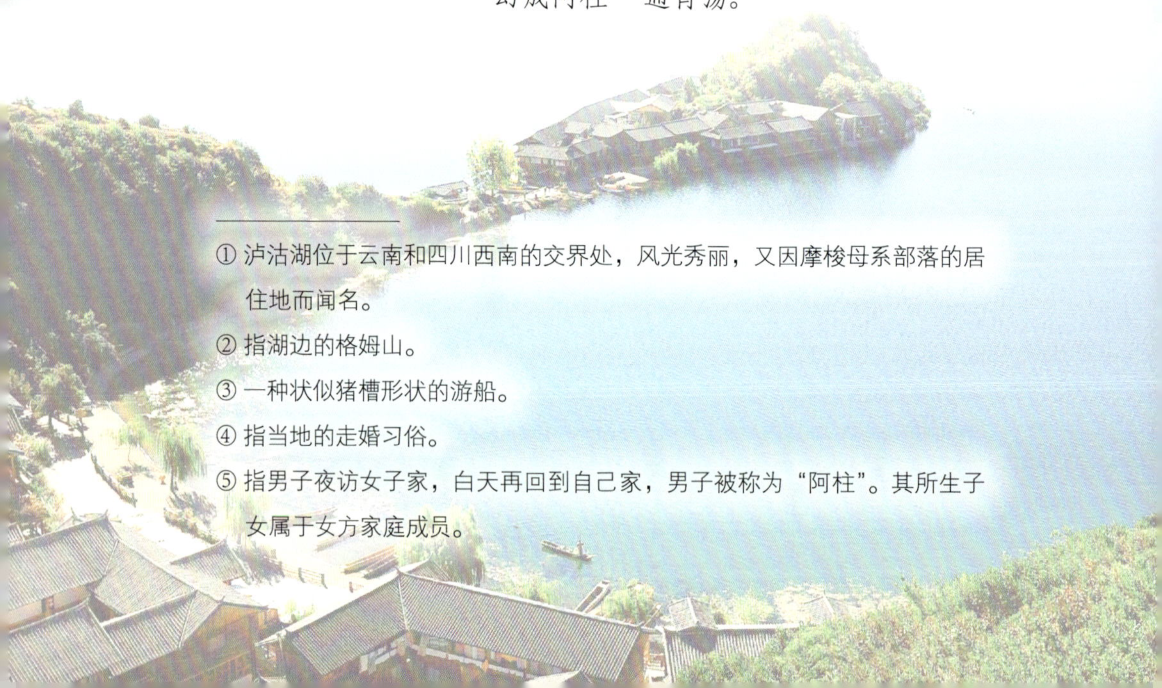

① 泸沽湖位于云南和四川西南的交界处，风光秀丽，又因摩梭母系部落的居住地而闻名。

② 指湖边的格姆山。

③ 一种状似猪槽形状的游船。

④ 指当地的走婚习俗。

⑤ 指男子夜访女子家，白天再回到自己家，男子被称为“阿柱”。其所生子女属于女方家庭成员。

戈壁滩口占

2010 年 10 月

一条玉带[1]分两山，
笔直向上地通天。
草低云高渺无际，
赏景轻歌乐似仙。

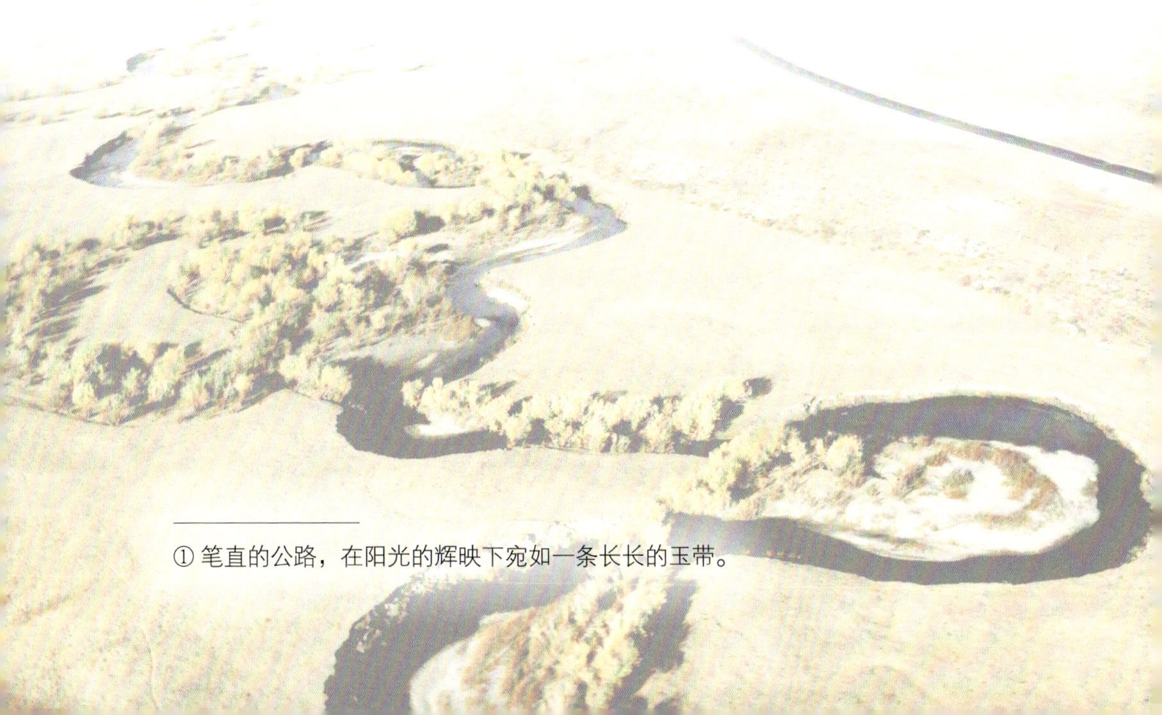

① 笔直的公路，在阳光的辉映下宛如一条长长的玉带。

乌尔禾魔鬼城[①]

2010 年 10 月

沙海突兀军列阵，
方圆十里将点兵。
猛狮蛟龙凛然立，
殿阁楼台钟鼓鸣。[②]
阴霾凄雨乌云腾，
落日飞霞耀锦缨。
壮观奇异非幻影，
风雕雨琢万年功。

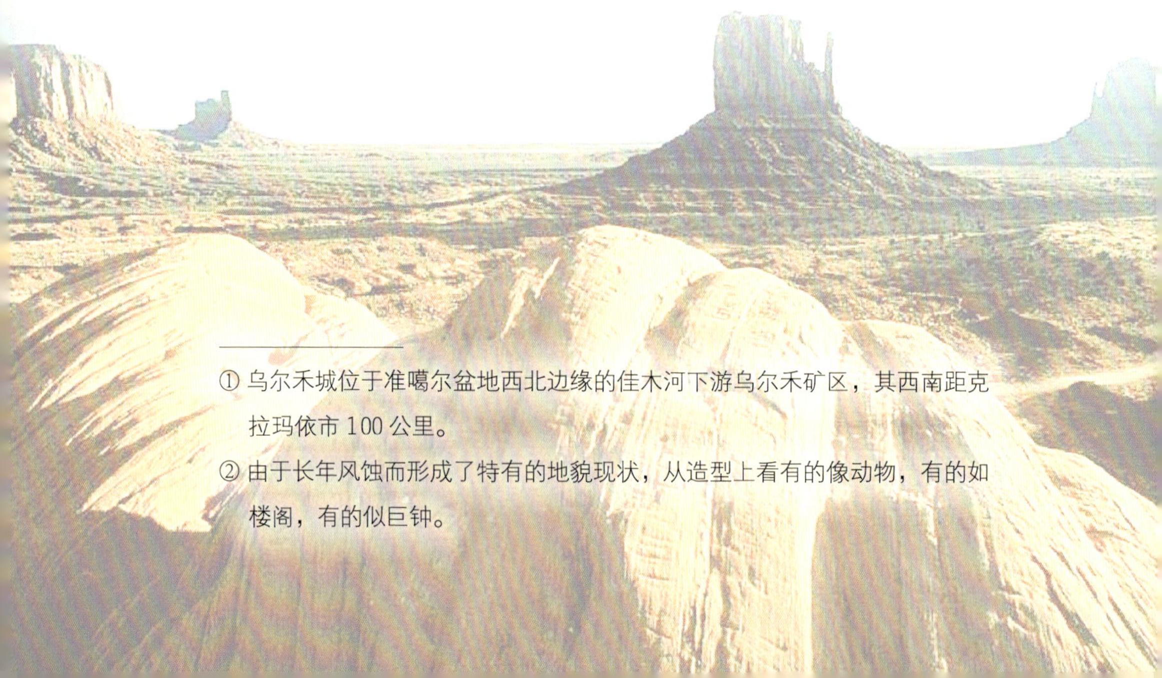

① 乌尔禾城位于准噶尔盆地西北边缘的佳木河下游乌尔禾矿区，其西南距克拉玛依市 100 公里。

② 由于长年风蚀而形成了特有的地貌现状，从造型上看有的像动物，有的如楼阁，有的似巨钟。

浪淘沙

额尔多斯禾木村印象[①]

2010 年 10 月

群山环抱，
布河潺湲。
松杉叠嶂染金颜。
朝晖夕照变幻莫，
风情万千。

木屋错落，
数缕炊烟。
曲径万寂偶吠喧。
地远天高原生态，
喜锁尘埃。

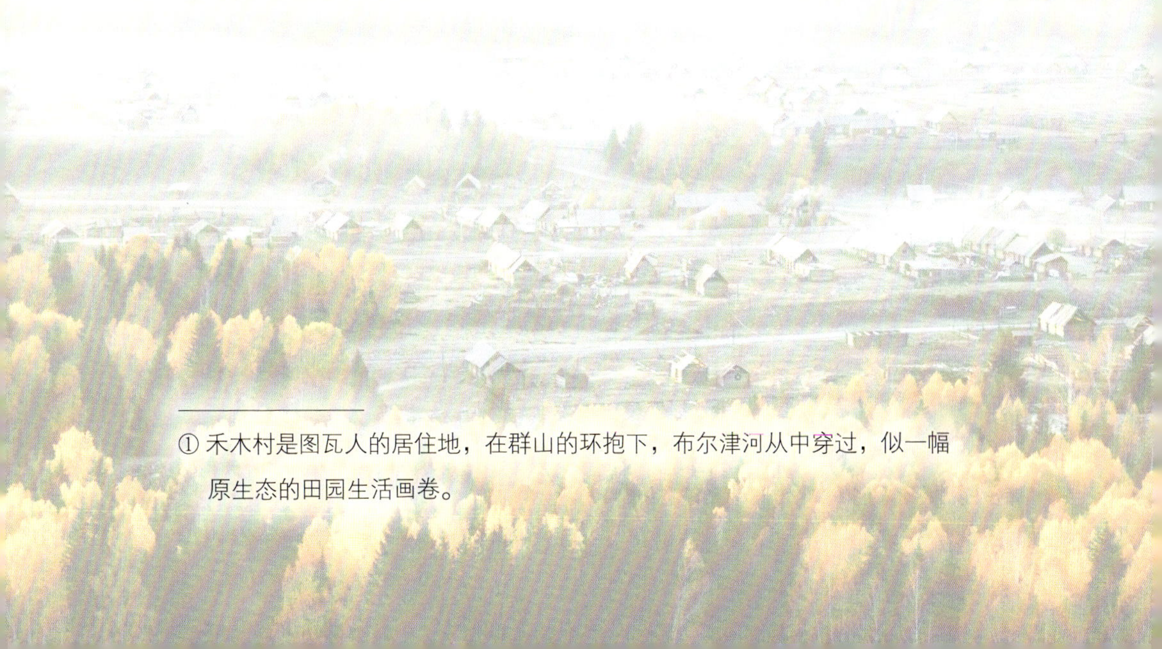

① 禾木村是图瓦人的居住地，在群山的环抱下，布尔津河从中穿过，似一幅原生态的田园生活画卷。

布尔津五彩滩[①]

2010 年 10 月

谁将河滩染五彩？
疑是马良[②]夜涂成。
谁把顽石塑千姿？
莫非罗丹[③]妙手功。
画纸硕大连天地，
雕刀如椽力无穷。
奇观异景北疆绽，
自然造化显神通。

① 布尔津是阿勒泰地区的一个县，区域内额尔齐斯河滩上有天然的五彩石。

② 马良是中国神话传说中的画家。

③ 罗丹是法国著名雕塑家。

新藏路上（一）

2010 年 10 月

荒漠漆寂山影重，
天寒地冻雪凝冰。
坎坷颠簸沙尘虐，
披星戴月阿里行。

新藏路上（二）

2010 年 10 月

戈壁苍凉风烟迷，
秃山野岭绝人迹。
国道泥泞谁养护？
沙漠绿洲遥无期。

藏北印象

2010 年

云低山耸溪流淌，
野荆紫簇秋草黄。
谷壑牛羊舔犊影，
藏寨家家国旗扬。

浪淘沙

参观遵义会议会址感怀

2011 年 5 月

苏区痛离伤，
浴血湘江。
云重雾锁路凄茫。
通道争锋黎平继，①
北弃西上。

丰乐板桥苍，②
梅绽凤凰③。
遵义会议拨迷航。
僻壤深宅④楼台小，
永铸辉煌。

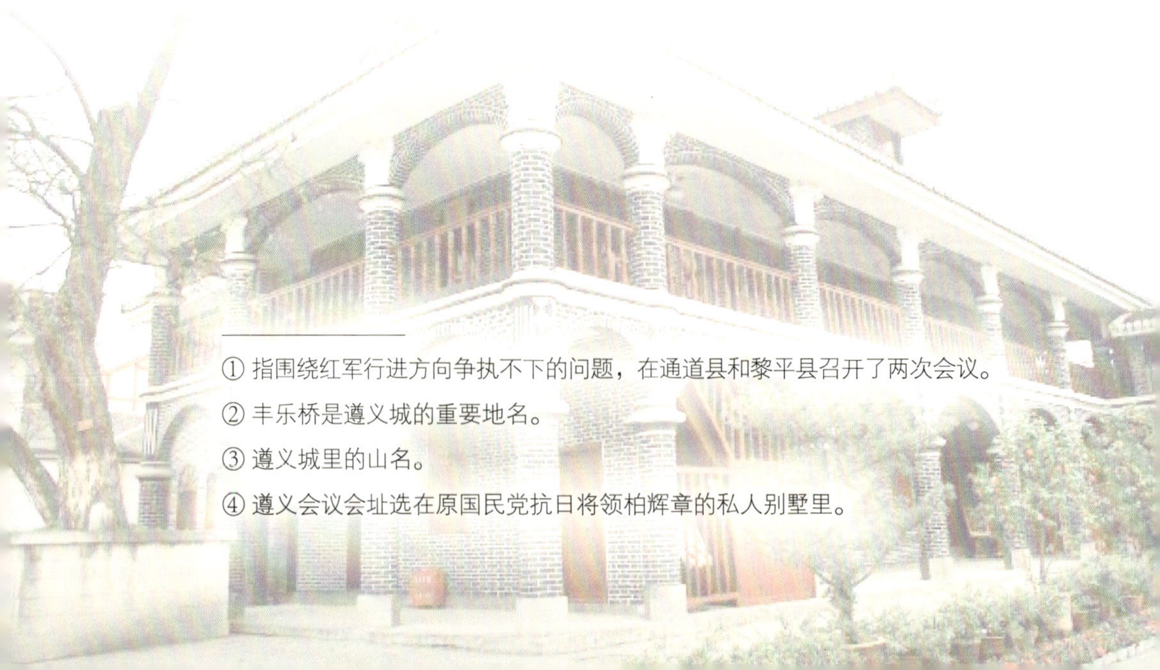

① 指围绕红军行进方向争执不下的问题，在通道县和黎平县召开了两次会议。

② 丰乐桥是遵义城的重要地名。

③ 遵义城里的山名。

④ 遵义会议会址选在原国民党抗日将领柏辉章的私人别墅里。

忆秦娥

游娄山关感怀

2011 年 5 月

雨淅沥，
路滑攀援情尤切。
情尤切。
雾低松翠，
峻险知略。

关山如铁川黔界，
长征首胜军心悦。
军心悦，
峰回路转，
前程初烨。

成都至拉萨空中鸟瞰（一）

2011 年 10 月

群山莽莽接天河，
瑞彩片片悬几层。
玉带[①]盘桓东渐逝，
碧潭稀落迷壑中。

① 指长江上游的金沙江、嘉陵江。

成都至拉萨空中鸟瞰（二）

2011 年 10 月

千山万壑收望眼，
天朗云轻飘渺间。
红绿青蓝晨光里，
高空曦色情独然。

太行山神龙湾织女渡[①]

2016 年 7 月

天狗问驼伴彩虹，[②]
织女驭波玉露逢。
凄美传说动天地，
山巅瑶台[③]月明中。

---

① 太行山神龙湾景区有一座凌空修建的石桥，当地人称“织女渡”，意合牛郎织女七夕相会的故事。

② 桥对面的峭壁峰上有三个突兀石头，状似天狗、羊驼和骆驼。

③ 桥的另一端是山峰的顶部，建有石洞，名曰“瑶台”。

太行山神龙湾玉龙潭

2016 年 7 月

陡峭伟岸屹苍穹，
琼华汇聚碧波凝。
凌空白练珠玑撒，
鸟鸣燕飞戏龙宫[1]。

① 峭壁上天然形成的凹处，一层层递进，宛如深邃的宫殿。

踏莎行

凭吊西夏王陵[①]感怀

2020 年 9 月

戈壁荒原，
贺兰横亘，[②]
黄沙铸就王陵冢。
风霜雪雨历千年，
昂然阅尽春秋梦。

遥忆当年，
纵横驰骋，
雄踞塞外垂一统。
励精图治造桑梓，
佑福西夏丰碑耸。

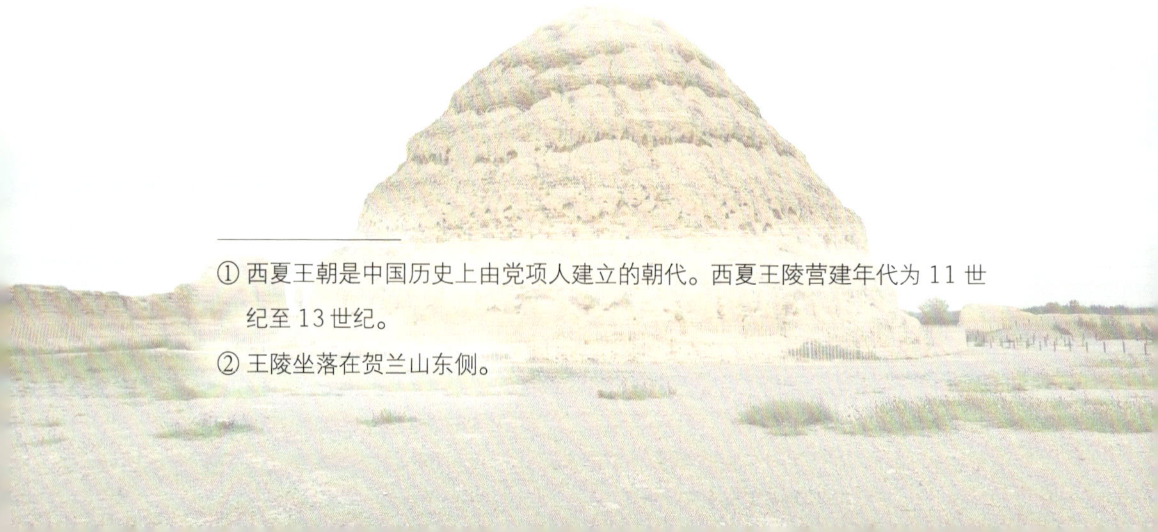

① 西夏王朝是中国历史上由党项人建立的朝代。西夏王陵营建年代为 11 世纪至 13 世纪。

② 王陵坐落在贺兰山东侧。

宁夏镇北堡西部影城 [①]

2020 年 9 月

贺兰荒漠镇北堡，
古旌遍插黄土墙。
真实再现百年景，
银川老街一如常。
众多影视拍摄场，
龙门客栈红高粱。[②]
文化产业着先鞭，
呕心沥血张贤亮。

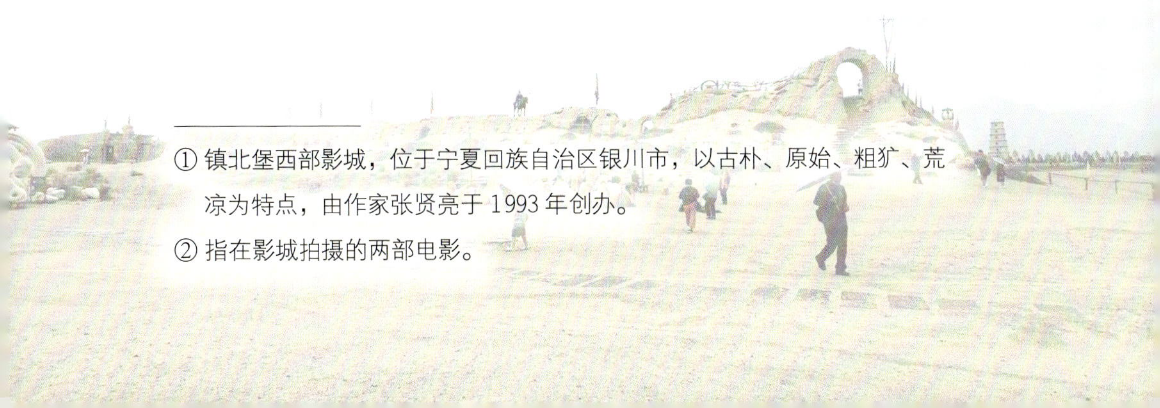

① 镇北堡西部影城，位于宁夏回族自治区银川市，以古朴、原始、粗犷、荒凉为特点，由作家张贤亮于 1993 年创办。

② 指在影城拍摄的两部电影。

域外撷英

越南下龙湾

1999 年 12 月

霞红染海天，
桅灯映港船。
奇峰昂扬立，
色彩万千般。
乘舟穿梭行，
盛景尽迴然。
桂林异国呈，
越南下龙湾。

江南春

南非好望角自然保护区

2001 年 7 月

花烂漫，
草青青。
山峦千仞劲，
灌木万株荣。
羚羊斑马逍遥任，
空寂绝尘天地清。

南非好望角海滩

2001 年 7 月

非洲南端两洋[1]汇，
风急浪涌卷狂飙。
峭壁擎天航标屹，
举世闻名好望角。
潮落波平云霓虹，
礁石纵横染紫宵。
忆昔当年迪亚士[2]，
海滩拾贝思英豪。

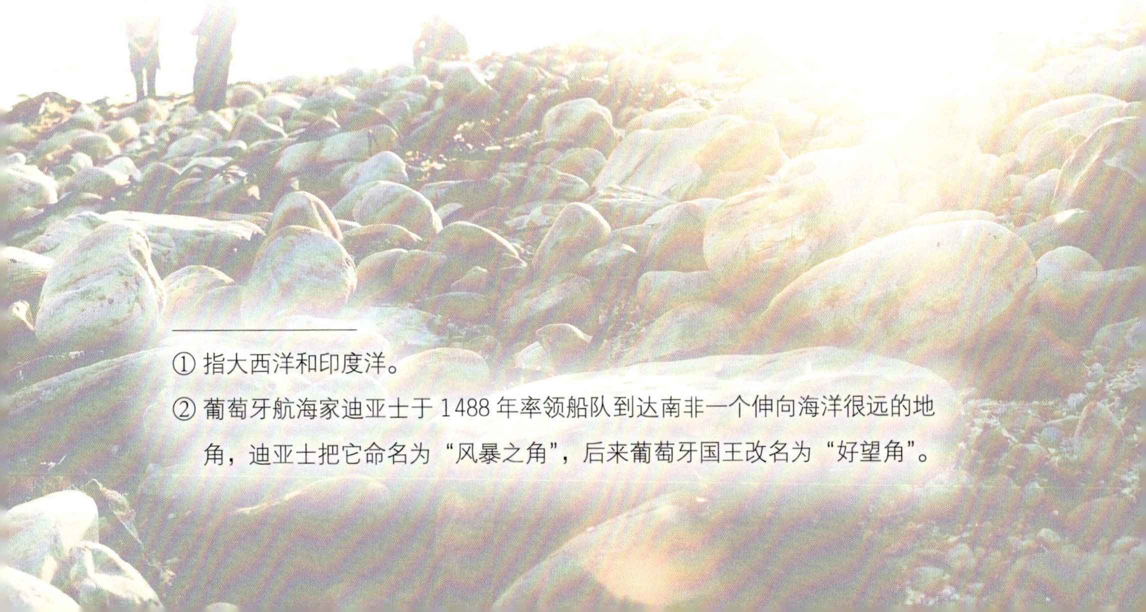

① 指大西洋和印度洋。

② 葡萄牙航海家迪亚士于 1488 年率领船队到达南非一个伸向海洋很远的地角，迪亚士把它命名为“风暴之角”，后来葡萄牙国王改名为“好望角”。

南非开普敦

2001 年 7 月

蓝天渺无际，
碧海浪飞旋。
岩石峋嶙叠，
绿植缝隙穿。
山巅形如桌，
横亘众壑间。
登临放眼望，
风光美何堪。

南非太阳城

2001 年 7 月

云开丽锦散朱晖，
晨雾凄迷氤氲浓。
湖波淡墨画山峦，
银滩棕榈留倩影。

悉尼夜色

2001 年 9 月

仙鹤起舞歌剧院，
彩虹凌空大铁桥。
夜幕降临海天暗，
漫步赏灯听秋涛。

浪淘沙

澳大利亚黄金海岸

2001 年 9 月

旭日烁金颜，
光耀波澜。
海岸寂静鸟飞翻。
松软沙滩嵌印证，
通向天边。

梦醒日高悬，
城市喧然。
游人会聚尽贪欢。
冲浪划艇浮芥竞，
愉悦悠闲。

新西兰火山口

2001 年 9 月

碧树临风枝叶高，
火山岩口绿色娇。
万年幻莫奇异景，
十米白塔镌芳标。

智利南部湖区

2004 年 12 月

天画霓裳千变幻，
气蒸涵影一湖云。
杳杳烟波澄如镜，
串串浮标水上痕。

伊斯坦布尔

2005 年 6 月

宗教纷争数千年，
水火不容刀兵见。
岁月沧桑泯恩仇，
一桥飞架两洲牵。

美国大峡谷

2005 年 7 月

峡谷千里似卧龙，
风雨万年天雕成。
绝壁陡峭渊无底，
山岩形异鬼神惊。
断面层叠如书卷，
色彩微妙难画工。
登临纵望生豪气，
世界奇观不妄名。

美国黄石公园（一）

2005 年 7 月

晴空万里遥无际，
溪流九曲妙女姿。
松娇苍郁熊出没，
草甸茂密鹿蹄急。
瀑布飞流喷泉高，
云腾雾绕伴云霓。
国家公园开先例，
环保生息堪第一。

美国黄石公园（二）

2005 年 7 月

松苍杉挺遮云日，
草绿花黄竞殊姿。
野鹿棕熊和谐共，
动物家园毗邻栖。

醉太平

印尼巴厘岛梯田

2006 年 4 月

春归露甘，
千层翠澜。
槟榔高擎桂冠，
更椰屏阻寒。

耕夫堰坍，
艰辛累年。
造出美景奇观，
惹莺来雁迁。

印尼巴厘岛

2006 年 4 月

天净云辉万里澄，
婆娑椰树度鸥轻。
海蓝更衬沙如雪，
光晕斑斓七彩呈。
傲立篝亭蔽雨风，
篝火通红映流萤。
草裙扭动俚妹细，
太平洋上不夜城。

减字木兰花

英国伦敦桥

2006 年 8 月

晴岚云渺，
旖旎风光都市少。
桥塔凌空，
泰晤潺潺驭彩虹。

高楼相望，
轻棹漫游语声朗。
客攘车潮，
两岸繁华举世昭。

英国曼彻斯特

2006 年 8 月

犹记当年业绩骄，
引领纺织[①]百年潮。
风雨飘摇江河下，
如今曼联[②]展英豪。

① 曼彻斯特是英国的工业重镇，尤其是纺织业更为发达。

② 曼联指足球队。

渔歌子

英国西部印象

2006 年 8 月

空旷遥岑灌木萋，
纵横阡陌野花迷。
杨柳绿，
燕飞低，
金黄麦捆画中题。

英国斯特拉特福[①]

2006 年 8 月

清澈舒缓埃文水[②]，
烂漫秀美野蔷薇。
风淳静寂孕华彩，
莎翁剧作千古垂。

① 斯特拉特福是英国伟大的剧作家莎士比亚的故乡。

② 指流经小城的埃文河。

英国温德米尔湖[①]

2006 年 8 月

山翠帆白风吹浪，
天映湖蓝泛鳞光。
精巧石屋花丛掩，
浪漫诗人留华章。[②]

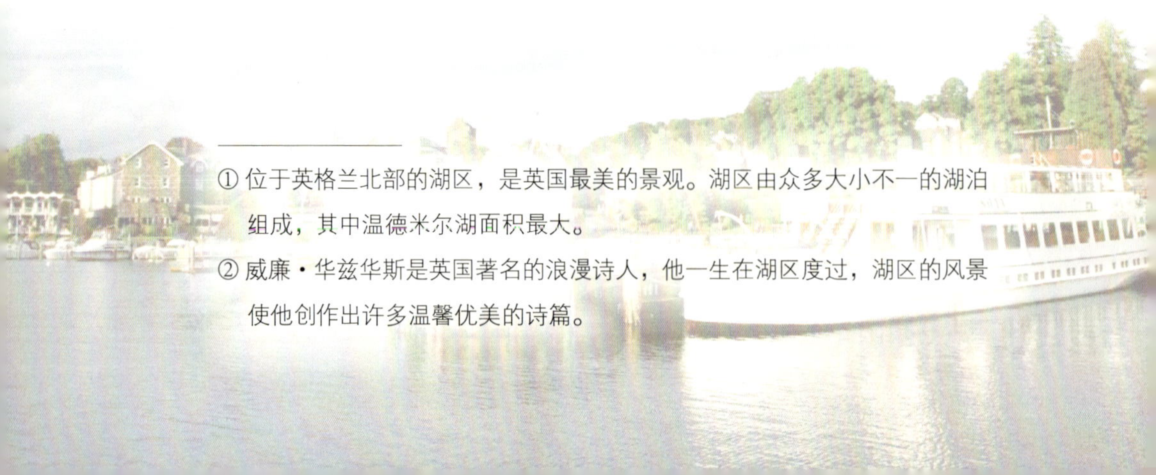

① 位于英格兰北部的湖区，是英国最美的景观。湖区由众多大小不一的湖泊组成，其中温德米尔湖面积最大。

② 威廉·华兹华斯是英国著名的浪漫诗人，他一生在湖区度过，湖区的风景使他创作出许多温馨优美的诗篇。

大英博物馆①

2006 年 8 月

馆藏浩瀚世界殊，
目不暇接步履促。
异邦珍宝数不尽，
大不列颠豪夺图。

① 大英博物馆建于 1753 年，因年代久远和馆藏众多而闻名于世。

英国温莎古堡[1]

2006 年 8 月

城堡高墙美人匿，[2]
山盟海誓堪情痴。
帝王重色思倾国，[3]
温爵古今称第一？

---

① 温莎古堡已有 900 年的历史，是世界上王室所居住的规模最庞大的城堡。
② 英国国王爱德华八世因爱上了辛普森夫人而放弃王位，由白金汉宫移至温莎古堡居住，留下了“爱美人不爱江山”之名。
③ 指唐玄宗与杨贵妃的故事。

醉太平

挪威峡湾

2006 年 9 月

云波共天，
光凝影斑。
岚青林碧渲染，
更朦胧倒悬。

峡幽静湾，
归鞍列闲。
风清月朗扬帆，
胜蓬壶岛仙。

挪威峡湾印象

2006 年 9 月

鬼斧劈开万仞山，
海浸雪蚀铸峡湾。
天不作美云雾起，
驱舟徐缓寻真颜。

笔直挺拔峰相连，
树墨山青影灰蓝。
水域宽阔飞白镜，
幽深静谧无波澜。

雾薄半山萦银练，
岩坚石奇峋嶙展。
雾浓景观罩面纱，
迷茫神秘堕幻间。

忽尔风起云际开，
霞光万道流金环。
山廓明晰雄浑露，
水面清澈翠叠悬。

须臾阴霾又遮日，
转瞬胜景觅不见。
视线咫尺舟欲停，
偶有海鸥近眼旋。

行程匆促行程短，
频频回首兴未然。
别有风情雾中游，
小避凡尘当把仙。

鹧鸪天

挪威峡湾

2010 年 9 月

雨住云弥薄雾岑，
山青松郁尽芳荪。
天光波影呈两画，
淡抹浓涂色六分。

鸭戏水，
鸟低踆，
栈桥影乱细叠粼。
游艇参差泊湾驿，
野墅依稀落碧茵。

瑞典斯德哥尔摩

2006 年 9 月

桂兰碧涌卫王宫，
骑士头盔刺苍穹。
巨型战舰[①]彪史册，
颁奖红厅掌声鸣。[②]
国王大街商品丰，
耀眼夺目堪水晶。
星河璀璨诺贝尔，
北欧霸主威犹生。

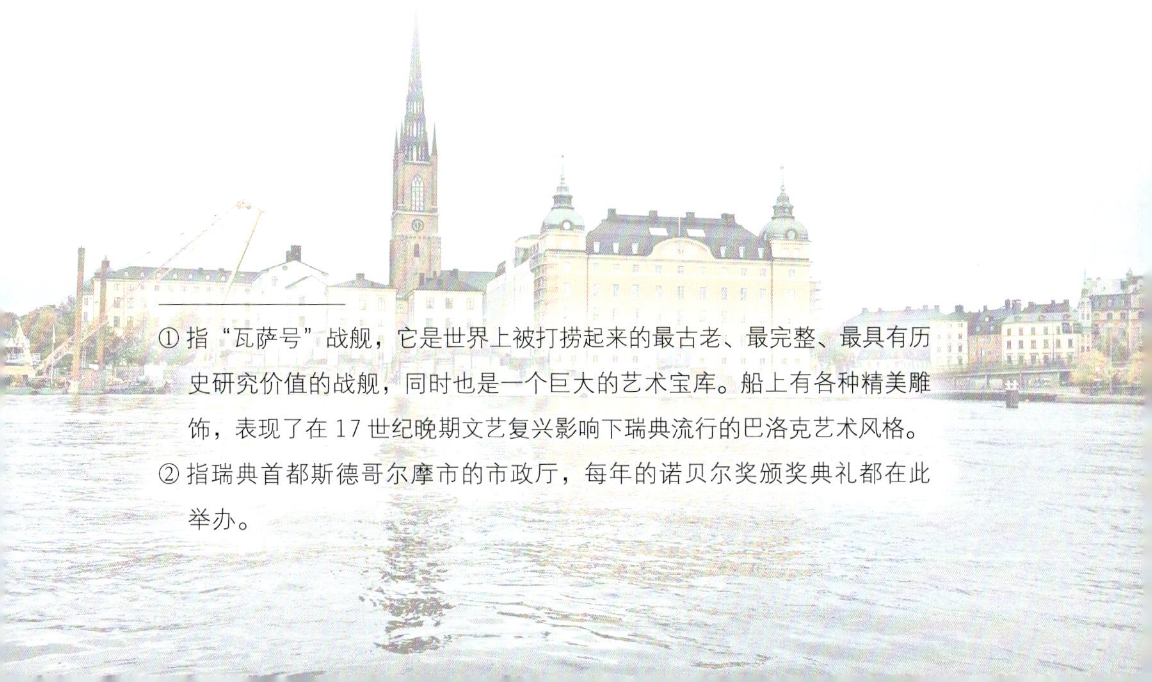

① 指“瓦萨号”战舰，它是世界上被打捞起来的最古老、最完整、最具有历史研究价值的战舰，同时也是一个巨大的艺术宝库。船上有各种精美雕饰，表现了在 17 世纪晚期文艺复兴影响下瑞典流行的巴洛克艺术风格。

② 指瑞典首都斯德哥尔摩市的市政厅，每年的诺贝尔奖颁奖典礼都在此举办。

瑞典诺贝尔家乡[①]

2006 年 9 月

林茂花繁绿草茵，
小镇木屋传书音。
勇步科坛发明最，
基金[②]褒新史一人。

① 著名化学家诺贝尔是瑞典人。

② 指诺贝尔基金会，成立于 1900 年 6 月 29 日，是根据诺贝尔遗嘱建立的私人机构，专门管理诺贝尔遗产及诺贝尔奖的颁发。

芬兰赫尔辛基

2006 年 9 月

苍翠满目湖连湖，
小镇木屋伴天鹅。
红白教堂呈异彩，[①]
西贝柳斯曲磅礴。[②]
岩洞旋响构思异，[③]
渔人码头览商河。
手机王国[④]民安逸，
圣诞老人吟颂歌。

---

① 指天主教和东正教的教堂风格迥异。

② 让·西贝柳斯毕业于赫尔辛基音乐学院，为芬兰著名音乐家。

③ 指利用岩洞开凿的别具一格的教堂。

④ 生产手机的诺基亚公司总部在赫尔辛基。

捣练子

芬兰湖湾

2006 年 10 月

湖水静，
木舟栖，
落日金辉绽逸姿。
奈得景异人不寐，
水边豪饮醉迷痴。

俄罗斯圣彼得堡

2006 年 9 月

冬宫奢华夏宫[1]幽，
殿宏塔尖三角洲。[2]
彼得[3]策马雄风在，
金碧辉煌要塞楼。[4]
诗人[5]留彩芭蕾[6]秀，
巡回画派[7]誉播久。
阿芙乐尔[8]忆峥嵘，
涅瓦河上欣荡舟。

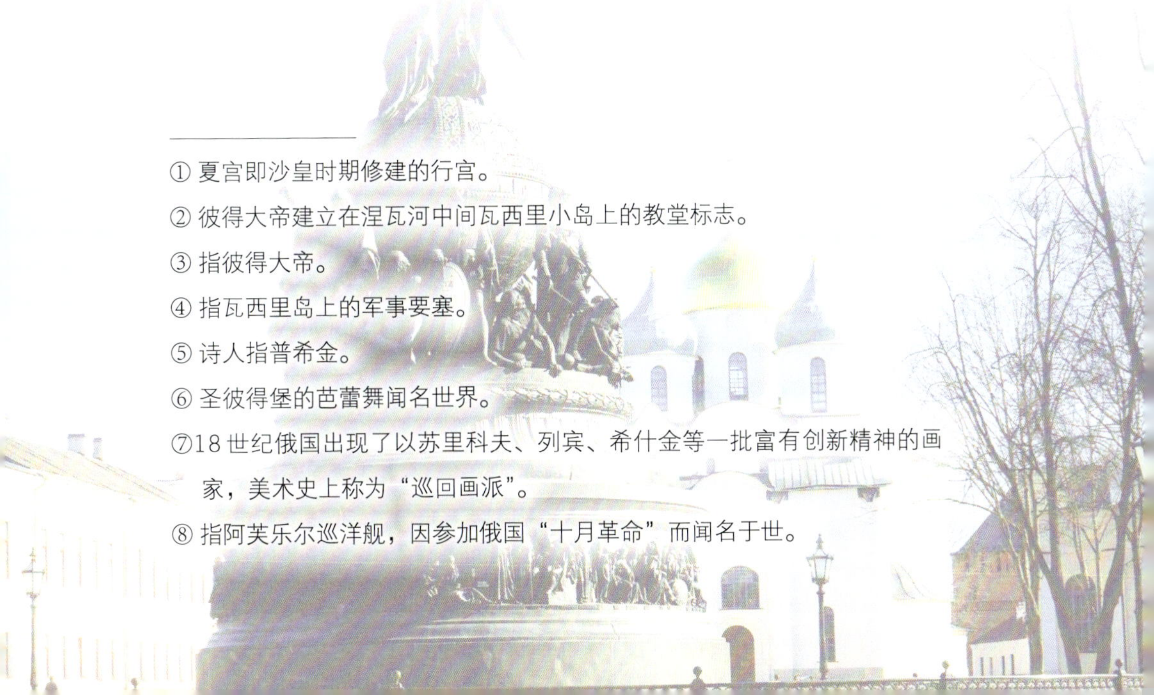

---

① 夏宫即沙皇时期修建的行宫。
② 彼得大帝建立在涅瓦河中间瓦西里小岛上的教堂标志。
③ 指彼得大帝。
④ 指瓦西里岛上的军事要塞。
⑤ 诗人指普希金。
⑥ 圣彼得堡的芭蕾舞闻名世界。
⑦18 世纪俄国出现了以苏里科夫、列宾、希什金等一批富有创新精神的画家，美术史上称为“巡回画派”。
⑧ 指阿芙乐尔巡洋舰，因参加俄国“十月革命”而闻名于世。

圣彼得堡夏宫[①]

2006 年 9 月

海通芬兰湾，
一水连两宫。[②]
花园精装饰，
宫殿摆长龙。[③]
雕像黄金澄，
喷泉规模宏。[④]
消夏龙舟御，
彼得醉梦生。

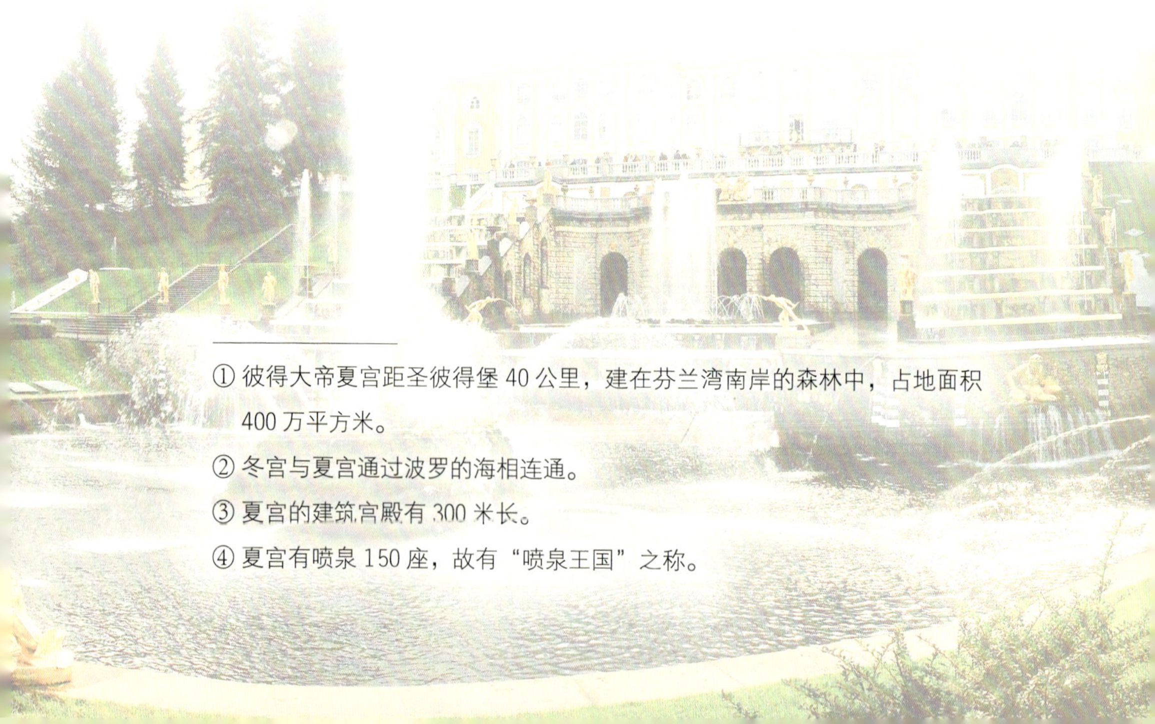

① 彼得大帝夏宫距圣彼得堡 40 公里，建在芬兰湾南岸的森林中，占地面积 400 万平方米。

② 冬宫与夏宫通过波罗的海相连通。

③ 夏宫的建筑宫殿有 300 米长。

④ 夏宫有喷泉 150 座，故有“喷泉王国”之称。

奥地利维也纳印象

2007 年 8 月

山屏水润草木萋，①
帝国千年彪炳煌。②
壮观恢弘霍夫堡③，
精巧美泉匿茜茜。④
金色大厅⑤鸣吕律，
蓝色多瑙泛夜曲。
艺术雕像随处视，
广场游人情依依。

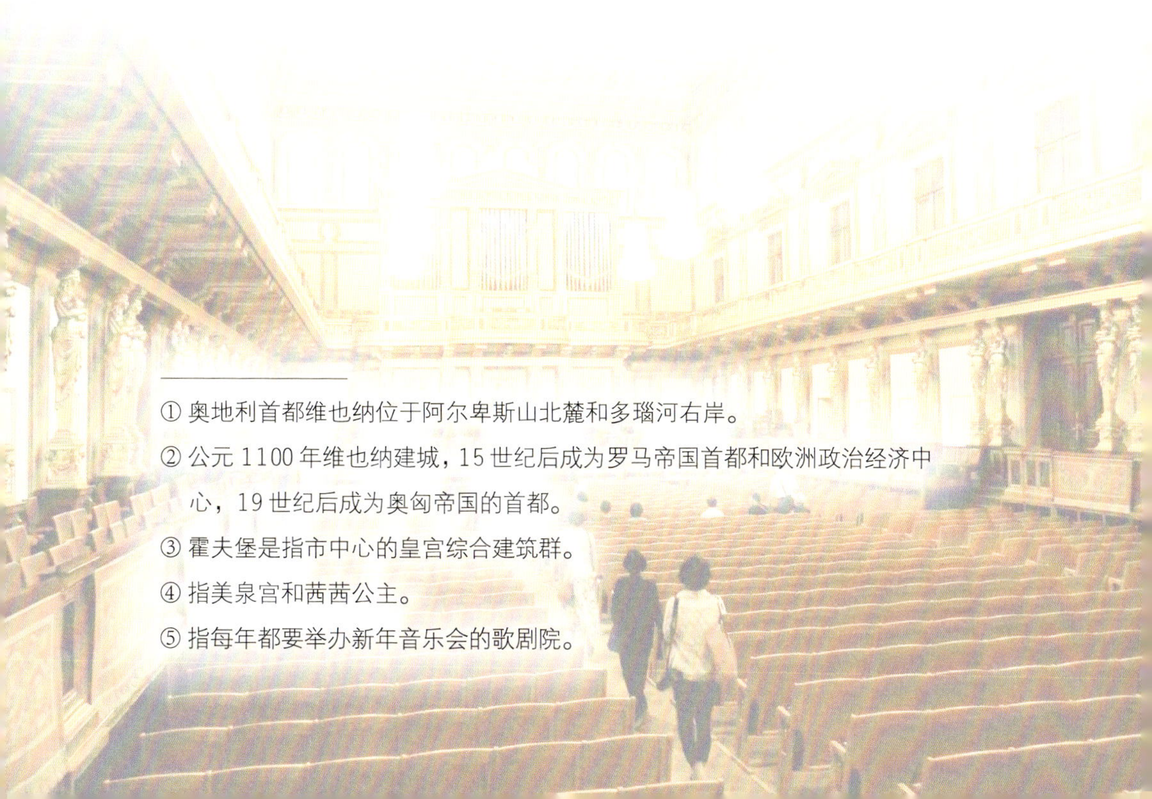

① 奥地利首都维也纳位于阿尔卑斯山北麓和多瑙河右岸。

② 公元 1100 年维也纳建城，15 世纪后成为罗马帝国首都和欧洲政治经济中心，19 世纪后成为奥匈帝国的首都。

③ 霍夫堡是指市中心的皇宫综合建筑群。

④ 指美泉宫和茜茜公主。

⑤ 指每年都要举办新年音乐会的歌剧院。

少年游

捷克布拉格印象

2007 年 8 月

山巅古堡靓千朝，
融汇世风标。①
转钟②圣偶，
商街喧鼎，
游客伏河③遨。

史彪查理屹遗桥，
拱卫有群雕。
小国春秋，
屡经霜雨，
容貌愈多娇。

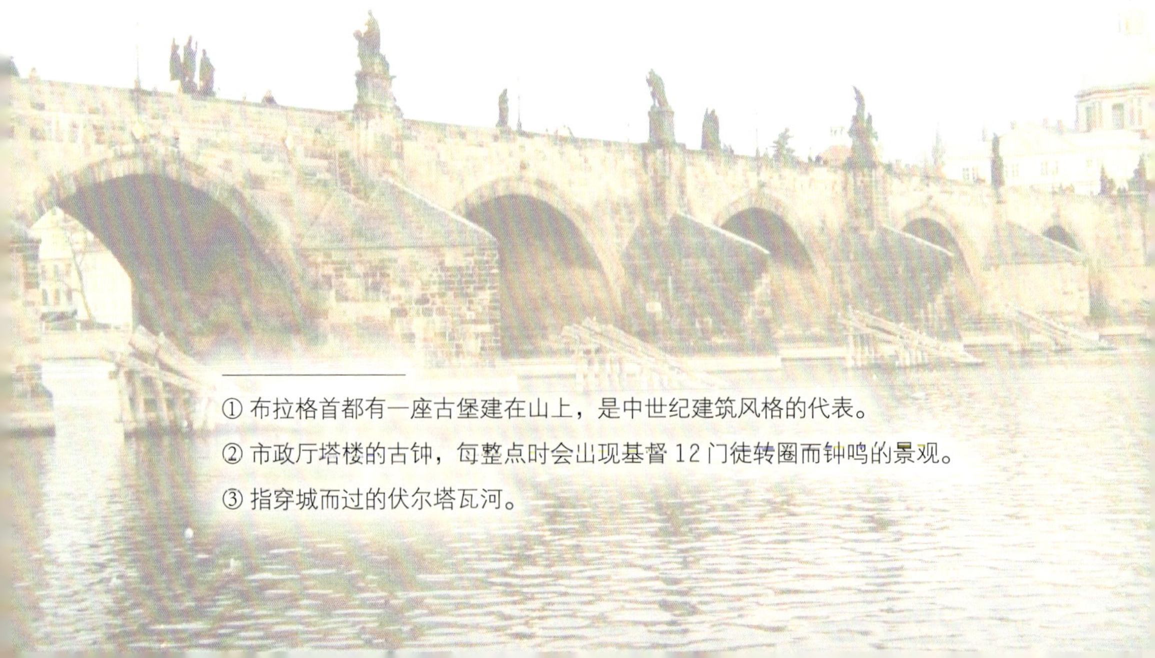

① 布拉格首都有一座古堡建在山上，是中世纪建筑风格的代表。

② 市政厅塔楼的古钟，每整点时会出现基督 12 门徒转圈而钟鸣的景观。

③ 指穿城而过的伏尔塔瓦河。

捣练子

捷克布尔诺[①]印象

2007年8月

石铺路，
街灯雕，
刻柱画梁店徽彪。
彼得教堂[②]空中浮，
自由广场神柱高。

惠风畅，
华光韶，
城静楼空堪寂寥。[③]
悠闲散淡品人生，
酒吧夜游尽逍遥。

---

① 布尔诺是捷克南部摩拉维亚省首府，为捷克第二大城市。

② 圣彼得教堂于14世纪兴建，以后又不断扩建，直至1905年才完成，为新哥特式建筑。

③ 游该城时正值星期天，城内绝大部分商店关门休息。

捷克克鲁姆洛夫小城[①]

2007 年

古堡[②]建岩顶，
塔楼俯全城。
花园斗拱连，
墙画栩如生。

依山巷陌成，
环水苔痕青。
曲径铺鹅卵，
窗棂缀缤英。

商店皆玲珑，
装帧个性明。
艺廊色彩艳，
酒吧麦香浓。[③]

① 克鲁姆洛夫是位于捷克西南与奥地利为邻的一座小城，伏尔瓦特河环抱城区，河堤的山崖上耸立着建于 13 世纪的城堡。1992 年该城被列入世界文化遗产名录。

② 指城堡内的赫拉德克塔。

③ 指当地人酿的黑麦啤酒。

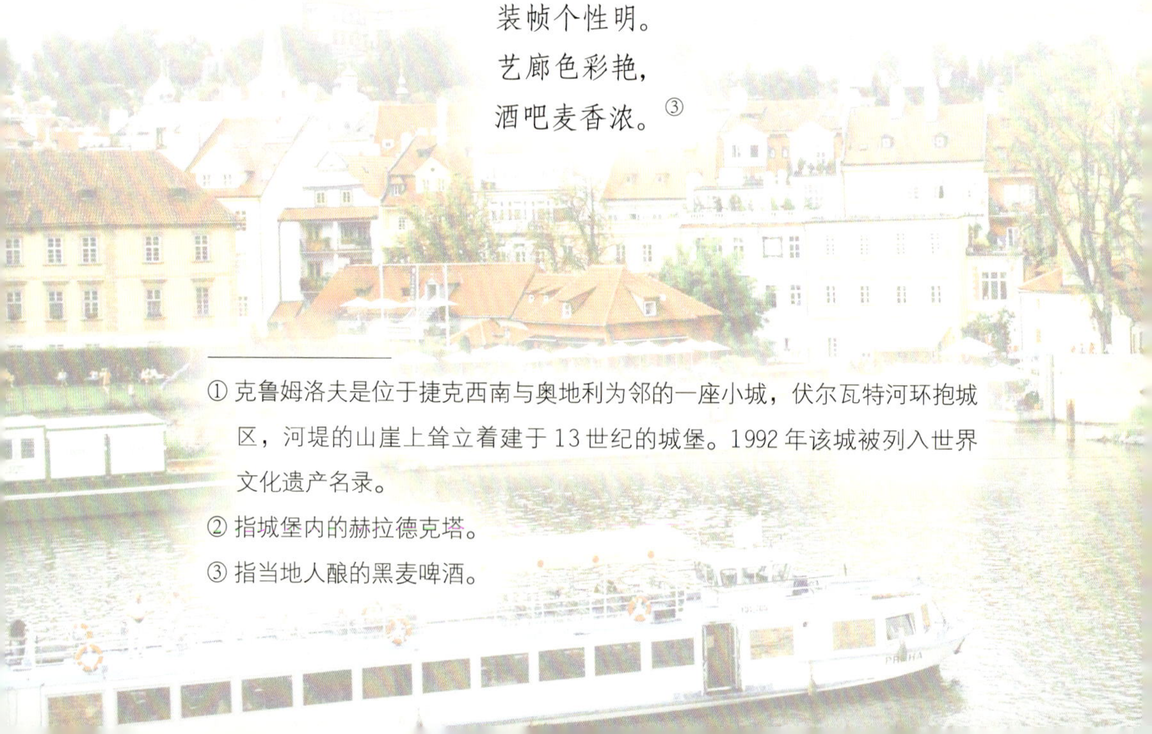

夜深庭院静，
梦伴溪流淙。
晓来撩帘看，
碧波夺路涌。

晨霭雨濛濛，
漫游别有情。
连理伞下偎，
独客步履轻。

地僻世界名，
汇聚五洲朋。
景美劳顿忘，
小憩当仙翁。

斯洛伐克布拉迪斯拉发①

2007 年 8 月

马丁教堂塔天擎，②
四角古堡③傲芳汀。
新老城区悬差距，④
粗疏精致径相庭。
羸弱贫困备欺凌，
主权久沦血雨腥。⑤
昔日耻辱今虽洗，
明朝振翼路遥程。

---

① 布拉迪斯拉发是斯洛伐克共和国的首都。

② 指建于 14 世纪初的罗马风格教堂，其塔楼高 85 米。

③ 多瑙河岸边高高的山陵上耸立着布拉迪斯拉发城堡。这座四方建筑的四个角各建有塔楼，当地人戏称“倒立的八仙桌”。

④ 新城区是 20 世纪 50 年代的火柴盒式建筑，老城区为中世纪以后的建筑。

⑤ 该城从 1536 年起一直为匈牙利控制，“二战”后又被苏联控制，1993 年斯洛伐克共和国才正式成为独立主权国家。

水调歌头

布达佩斯印象

2007 年 8 月

莹绿多瑙[①]水，
青紫城堡山[②]。
蒙包星列，
渔夫[③]卫国声威远。
皇宫雍容大气，
教堂[④]绰约多姿，
明君功勋灿。
朦胧盖莱特，
女神奉花环。[⑤]

① 匈牙利首都布达佩斯以拥有丰富的文化、辉煌的建筑、日新月异的城市风貌而享有“多瑙河明珠”之誉。

② 城堡山位于多瑙河西岸的布达区，中世纪的遗址保存完好，昔日王宫、马加什教堂、渔夫堡三位一体广场等诸多风格建筑融为一体，成为世界文化遗产。

③ 由标志匈牙利 7 个部落的蒙古包尖塔组成的渔夫堡，是 1905 年为纪念中世纪奋起抗击土耳其入侵的渔夫所建。

④ 指 1458 年马加什国王时修建的欧洲最宏伟的皇宫和扩建的马加什教堂。

⑤ 盖莱特山位于城堡山南侧，山顶上耸立着一尊自由女神塑像。

链子桥，①
碧波驭，
两岸穿。
名楼滨河参布，
国会尤壮观。②
英雄广场③碑耸，
摩姆花园④人攒，
近代锦绣篇。
帝都逾千载，
美名中欧冠。

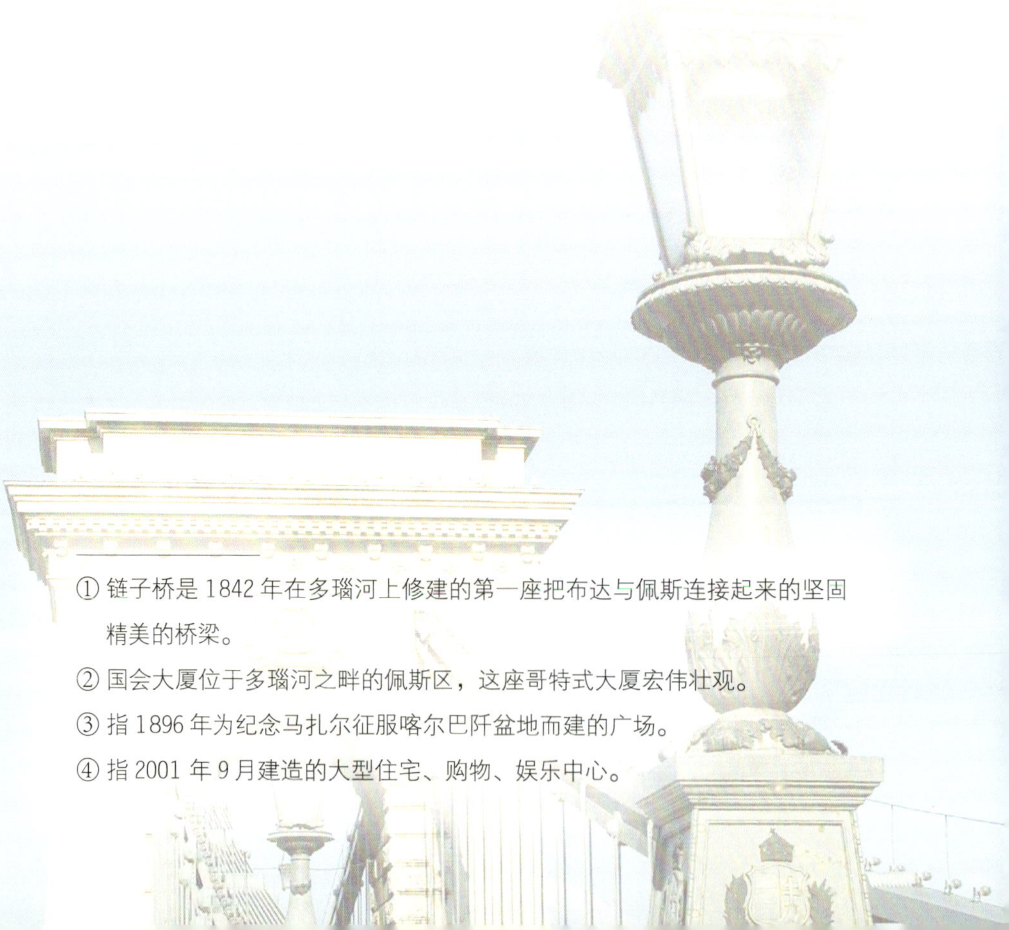

① 链子桥是 1842 年在多瑙河上修建的第一座把布达与佩斯连接起来的坚固精美的桥梁。

② 国会大厦位于多瑙河之畔的佩斯区，这座哥特式大厦宏伟壮观。

③ 指 1896 年为纪念马扎尔征服喀尔巴阡盆地而建的广场。

④ 指 2001 年 9 月建造的大型住宅、购物、娱乐中心。

浪淘沙

游布达佩斯感怀

2007 年 8 月

城堡布山间，①
建筑卓然。
蒙包星列誉声传。②
塔耸堂宏皇权赫，
圣女花环。③

多瑙荡波澜，
游弋船帆。
链桥④飞架两地连。
国会王宫沿岸屹，
锦绣江天。

---

① 布达佩斯以多瑙河为界，分为布达和佩斯两个区，布达位于城堡山。该区以历代城堡建筑多而闻名。

② 指像蒙古包的渔人城堡，是为纪念其抗击外来侵略而建。

③ 城堡山广场有座圣女像。

④ 横跨多瑙河的大桥为链子桥。

阿联酋迪拜帆船酒店①

2009 年 6 月

瀚海悬帆云际横，
壮观奇美世人惊。
霓虹五色辉通夜，
异彩千寻射太空。
酒店奢华众目瞠，
精英政要争先登。
荒漠沙滩造奇迹，
迪拜缘此天下名。

① 迪拜帆船酒店为全世界最豪华的酒店，也是世界上第一家 7 星级酒店。

日本北海道荷潭

2009 年 10 月

潭深云影明，
荷落聚浮萍。
韵律天公画，
锦鳞戏蜻蜓。
林茂叶黄红，
霜染秋色浓。
闹市幽静地，
高楼成卫兵。

日本北海道农场口占

2009 年 10 月

旷野牧场舍，
学做农家活。
女士挤香肠，
男子搅奶酪。
窗外秋风瑟，
室内传欢歌。
成品午餐用，
感悟动手乐。

冰岛印象

2010 年 9 月

天低云叠嶂，
岩黑[1]草凄黄。
火山数突兀，
彩练弄残阳。
冰川映湖光，
瀑布神飞响。
偏居最北隅，
寂寥乌托邦。

① 冰岛是多火山地区，经年的火山喷发导致地面全是黑灰和大小不一的黑色石头。

冰岛雷克雅未克温泉①

2010 年 9 月

温泉怎少火山功，
乳液蓝湖②泛玉瑛。
厚抹盐泥如土著，③
蒸腾烟雾笑谈中。

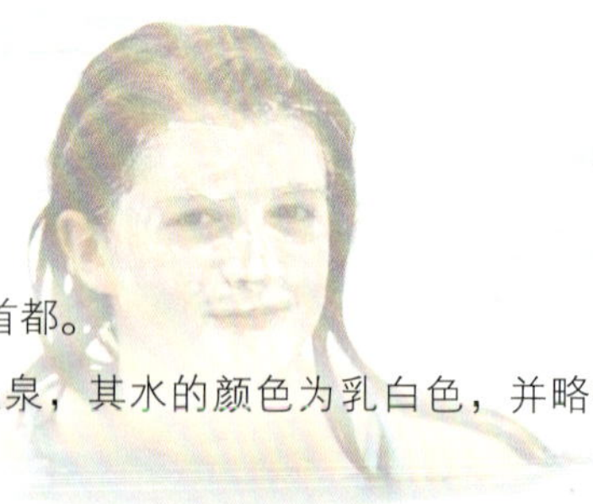

① 雷克雅未克是冰岛的首都。

② 雷克雅未克有一处温泉，其水的颜色为乳白色，并略带蓝色，故称为“蓝湖”。

③ 美国、澳大利亚、新西兰等国家习惯将原当地的印第安人、毛利人称为“土著”。这些人有一种习俗，即用一种特有的白色植物磨成粉并涂在身体上。

巫山一段云

冰岛黑沙滩海湾

2010 年 9 月

海岸黑沙聚[①]，
浪花白灿明。
山重峰耸石凌空，
湾邃锁蛟龙。

水急涛飞卷，
墨浓藏笔锋。
冰图雪画不曾同，
神韵本天成。

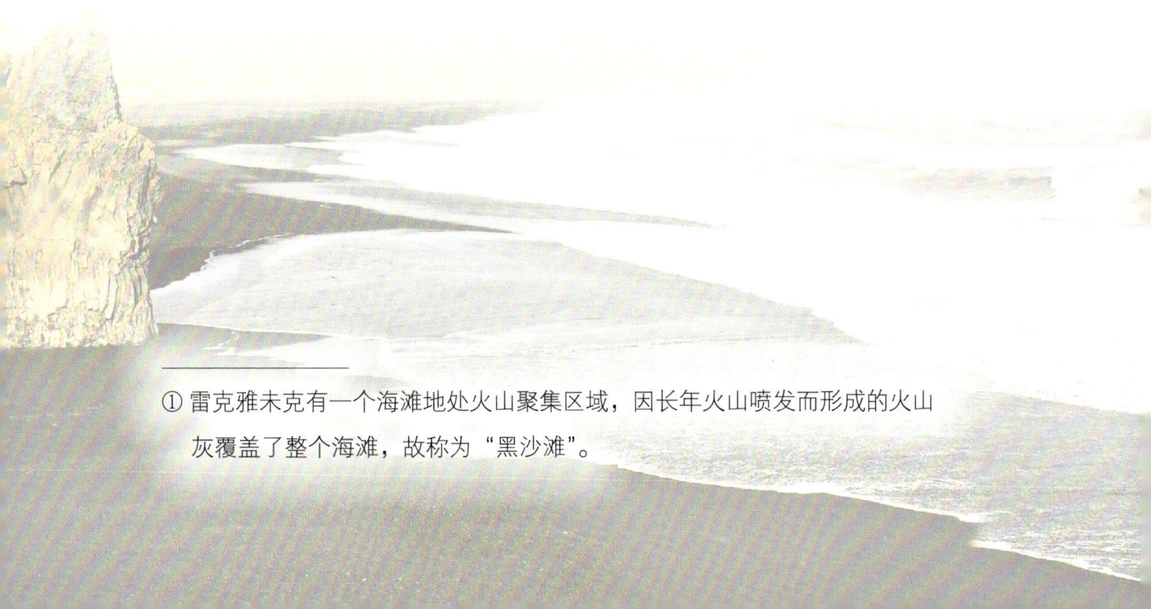

① 雷克雅未克有一个海滩地处火山聚集区域，因长年火山喷发而形成的火山灰覆盖了整个海滩，故称为“黑沙滩”。

大西洋船行偶记

2010 年 9 月

海天一色云蔽日，
风浪千里彩虹从。
北极迢迢行昼夜，
诗情邈邈信闲庭。

大西洋航行口占

2010 年 9 月

天地万顷间，
大洋一叶舟。
浪高风雨骤，
命运任凭由。

浪淘沙

去北极船上感怀

2010 年 9 月

山复驭银槎，
水渺舟划。
北极咫尺匿云霞。
凭栏处回眸南望，
海角天涯。

甲板赏鸥遐，
吐雾品茶。
白驹过隙鬓将花。
感人生光阴苦短，
珍重年华。

格陵兰岛[①]

2010 年 9 月

峡湾两山顾，
冰凌水上浮。
玉河悬绝壑，
寸草绕天湖。
极地严冬酷，
荒原人迹无。
苔藓红黄绿，
一岁一复苏。

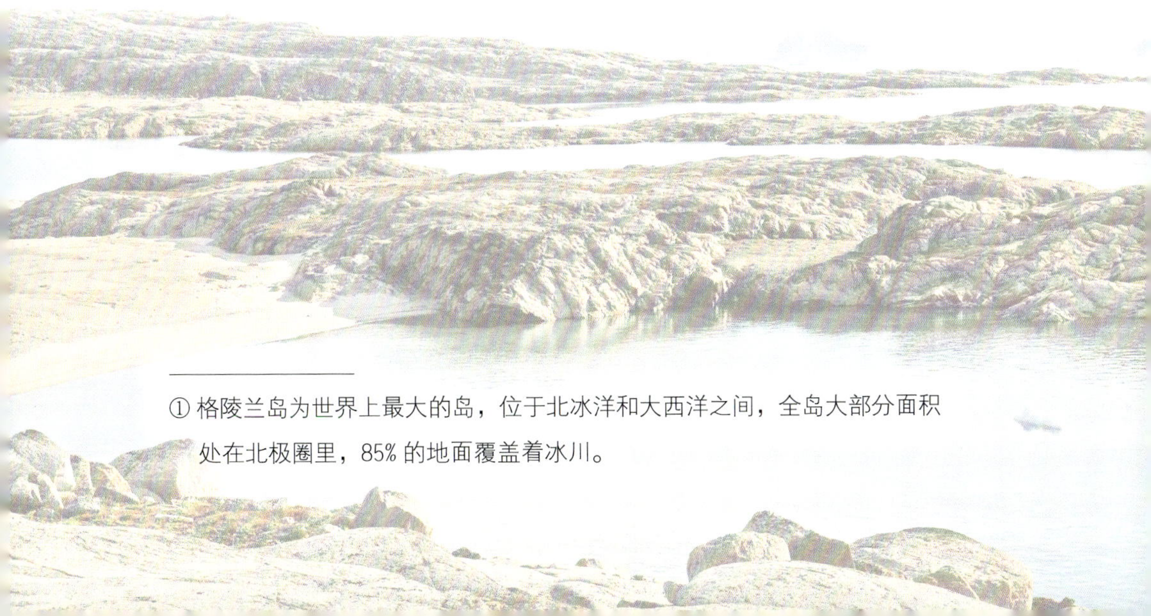

① 格陵兰岛为世界上最大的岛，位于北冰洋和大西洋之间，全岛大部分面积处在北极圈里，85% 的地面覆盖着冰川。

格陵兰峡湾

2010 年 9 月

竦峙山岛玉龙腾，
日照雪峰半壁红。
波平浪静千珠撒，
磅礴奔流一任东。

清平乐

丹麦格陵兰冰川

2010 年 9 月

天蓝水湛，
峡谷藏幽涧。
山扮银妆峰素冠，
冰阵如潮扑面。

洁白剔透晶莹，
刀刓斧劈神工。
北极奇绝壮景，
辰寰谁可堪雄。

格陵兰岛

2010 年 9 月

乱石杂错绣乌斑，
多彩苔原积厚毡。
木屋地窨绝人迹，
偶见雷鸟[①]两相欢。

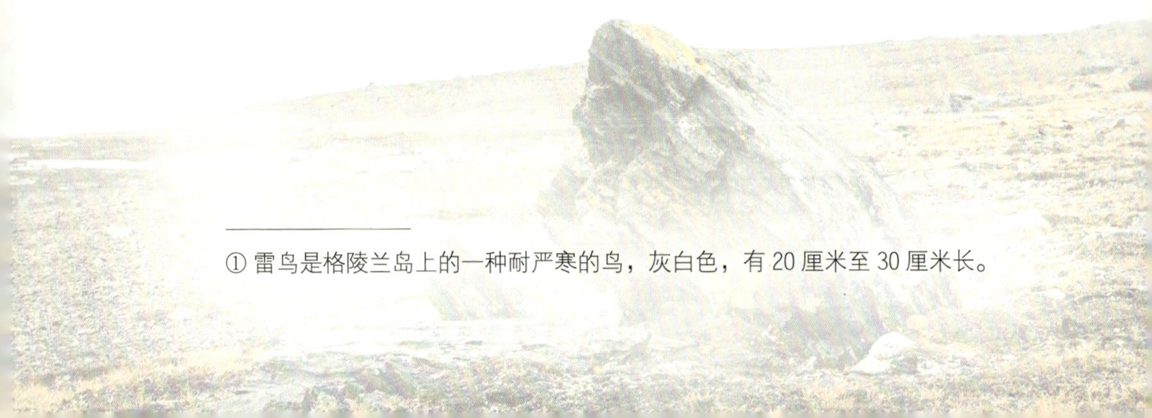

① 雷鸟是格陵兰岛上的一种耐严寒的鸟，灰白色，有 20 厘米至 30 厘米长。

北极新奥尔森[1]

2010 年 9 月

峡湾冰川雨新萌，
井架火车印曾经。
矿难思痛命运改，[2]
风标摇曳塔[3]并生。
科考监测汇精英，
中国“黄河”[4]启鹏程。
全球变暖危情迫，
北极溯源小岛名。

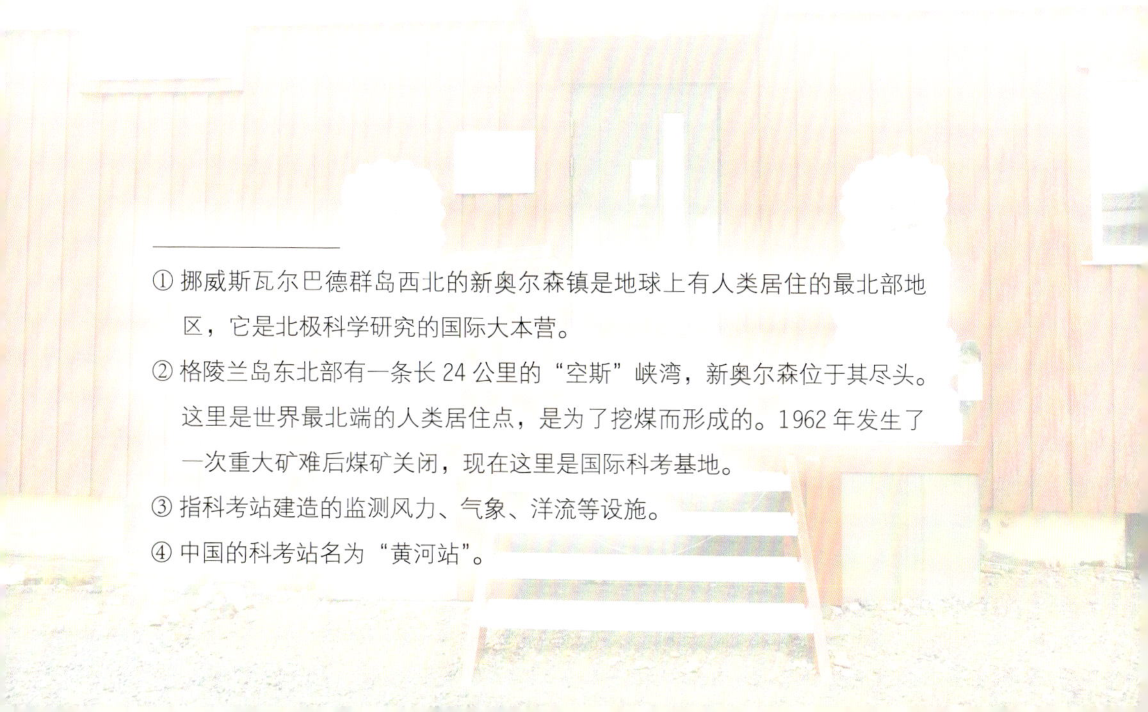

① 挪威斯瓦尔巴德群岛西北的新奥尔森镇是地球上有人类居住的最北部地区，它是北极科学研究的国际大本营。

② 格陵兰岛东北部有一条长 24 公里的“空斯”峡湾，新奥尔森位于其尽头。这里是世界最北端的人类居住点，是为了挖煤而形成的。1962 年发生了一次重大矿难后煤矿关闭，现在这里是国际科考基地。

③ 指科考站建造的监测风力、气象、洋流等设施。

④ 中国的科考站名为“黄河站”。

摩纳哥冰川[①]

2010 年 9 月

晨寒雨细薄雾濛，
雪山半紫半云轻。
滚滚浮冰遮望眼，
隐隐冰川露碧容。

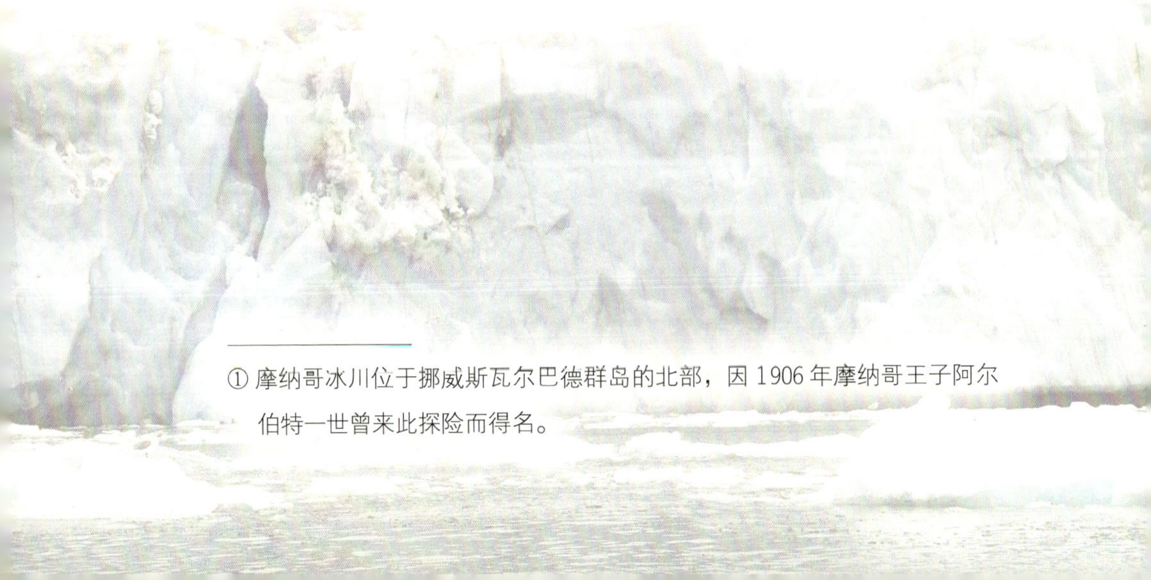

① 摩纳哥冰川位于挪威斯瓦尔巴德群岛的北部，因 1906 年摩纳哥王子阿尔伯特一世曾来此探险而得名。

北极蒲公英礼赞

2010 年 9 月

几株蒲公英，
忽现乱石中。
凄惶苍凉地，
花白映葱茏。
矮小御严冬，
羸弱逆酷风。
寂寞蛰伏久，
每绽独峥嵘。

阮郎归

偶见北极熊

2010 年 9 月

冰原稀睹北极熊，
数天双目瞠。
半山白点看分明，
人船忽寂声。

翻滚起，
貌狞狰，
母携两仔行。
领地巡视显尊荣，
体魁威自生。

忆秦娥

穿越北纬八十度

2010 年 9 月

心期楚，
终临北纬八十度。
八十度，
雨凄风劲，
亘原萧肃。

大洋浩渺接天处，
冰川跌宕千秋著。
千秋著，
环球凉热，
仗其盈缩。

鹧鸪天

北极冰川

2010 年 9 月

峭壁悬崖望若山，
琼堆玉砌翠微巅。
长龙一字排严阵，
利刃万般镌秀岩。

波浪击，
日光蚕，
轰然坠落起云烟。
冰川积厚苍天赐，
化作江河润沃原。

挪威朗伊尔城[1]清晨

2010年9月

云重雾绕雪山凝，
波静浪寂鸟音清。
渔船帆收人皆梦，
北极边城又黎明。

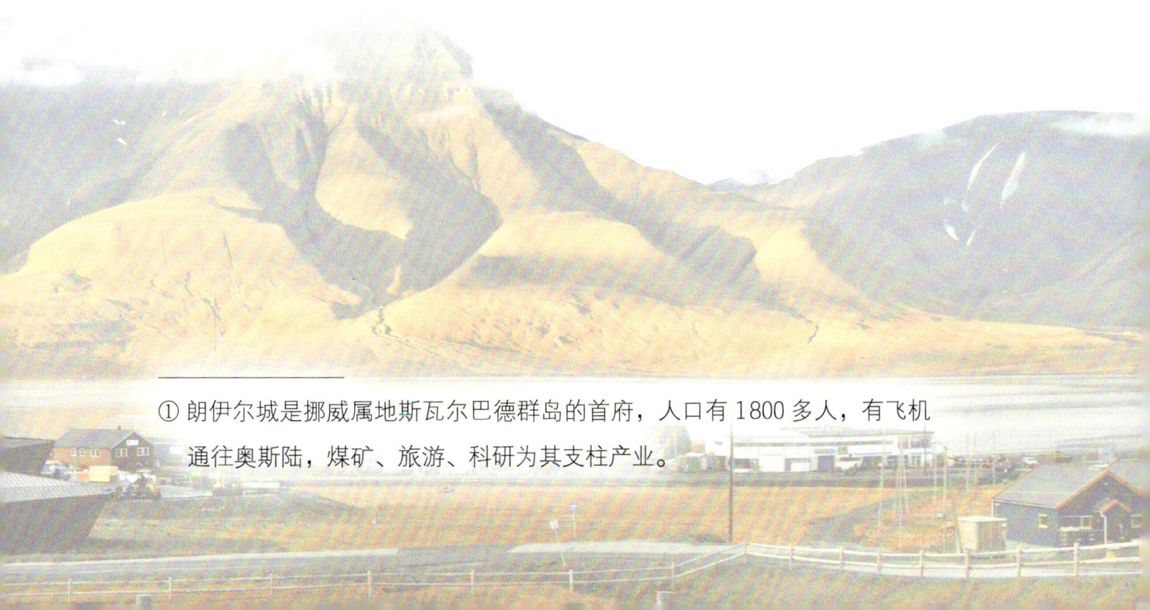

① 朗伊尔城是挪威属地斯瓦尔巴德群岛的首府，人口有1800多人，有飞机通往奥斯陆，煤矿、旅游、科研为其支柱产业。

挪威朗伊尔城印象

2010 年 9 月

一城冰川口，
两山掩绿畴。
北狐[①] 寻常见，
燕鸥[②] 栖汀洲。
矿业恒日久，
木架[③] 阅春秋。
雪地狗拉车，
莽原逍遥游。

---

① 生存于北极地区的狐狸，身长 30 厘米至 40 厘米，分为白色和蓝色两种，行动敏捷，耐严寒。

② 有一种候鸟，夏季在北极生育繁殖，冬季飞往南极，红嘴黑冠，羽毛为白灰色。

③ 指用于煤车运输的高架。

柬埔寨吴哥窟[①]

2010年11月

砂石凹凸岁留痕，
宝塔俨列彰神尊。
雕刻精美规模最，
黑斑厚积印年轮。

① 吴哥窟是世界上规模最大的庙宇类建筑，修建于12世纪上半叶。

如梦令

澳大利亚塔斯马尼亚[①]

2011 年 4 月

水复山重云渺，
浩瀚碧波环抱。
沃土寂无垠，
草绿花繁林茂。
凝眺，
凝眺，
极地企鹅足蹈。

---

① 塔斯马尼亚是澳大利亚最小的一个州，四面环海，与南极遥遥相望，土地肥沃，物产丰富。

美国阿拉斯加印象

2011 年 6 月

水映天光色如玉，
雪山环抱状似盘。
碎冰洁白仙女撒，
晶莹剔透落玉盘。

浪淘沙

美国朱诺印象[①]

2011年6月

雾消绽霞丹，
港湾微澜。
奥湖[②]静谧群山环。
经年风霜雪积厚，
玉河[③]高悬。

地远更天寒，
绝少人烟。
淘金狂热盛名传。
林深熊没原生态，
颐养天年。

---

① 朱诺是美国阿拉斯加州的首府，20世纪初因发现金矿，大量淘金者涌入而得名。

② 朱诺城边的奥克河由冰川融化而成。

③ 指尤河冰川。

美国朱诺峡湾印象

2011 年 6 月

排云层叠天透蓝，
壁仞松郁峡蜿蜒。
水碧风轻涟漪起，
鸟鸣鱼跃绕船舷。
雪山婀娜竞娇妍，
碎冰晶莹逐浮悬。
疑是误入仙人界，
琼楼瑶池自陶然。

临江仙

美国斯卡圭印象[①]

2011 年 6 月

昔日边陲人沸，
八方金客蜂拥。
淘沙钻井炼炉红。
为求财富运，
何惧漫长冬。

今客如织纷至，
冰川风情独钟。
洞坑遗址杂草生。
小城兴衰事，
留在笑谈中。

① 斯卡圭为美国阿拉斯加与加拿大接壤的小镇。

江南春

航行太平洋

2011 年 6 月

风飒爽，
鸟翩跹。
岛屿叠锦绣，
雪山锁烟岚。
洄洑千里天无际，
直泻百川气宇轩。

太平洋航行（一）

2011 年 6 月

蓝天无垠当画布，
白云渲染大写意。
力透纸背印波纹，
佳作正反韵各致。

太平洋航行（二）

2011 年 6 月

苍海茫茫横无涯，
波光粼粼映丹霞。
小岛隐露天际线，
大洋穿行船为家。

美国旧金山太浩湖[①]

2011 年 6 月

谷深水广积，
鏊隘高飞凫。
雪山映天镜，
林屏幻玉壶。
船疾浪花溅，
帆白光影浮。
游人沙滩戏，
太浩天伦图。

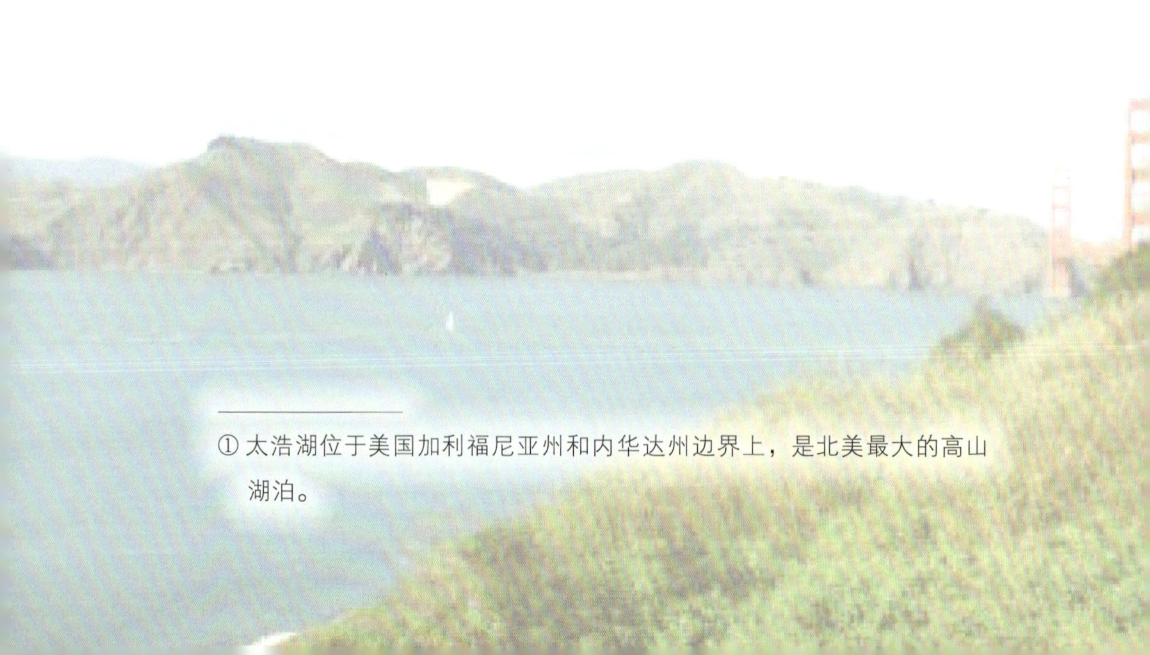

① 太浩湖位于美国加利福尼亚州和内华达州边界上，是北美最大的高山湖泊。

赞红杉树①

2011 年 6 月

高大挺拔欲接天，
数人合抱测方圆。
依山傍海风霜劲，
弥珍栋梁逾千年。

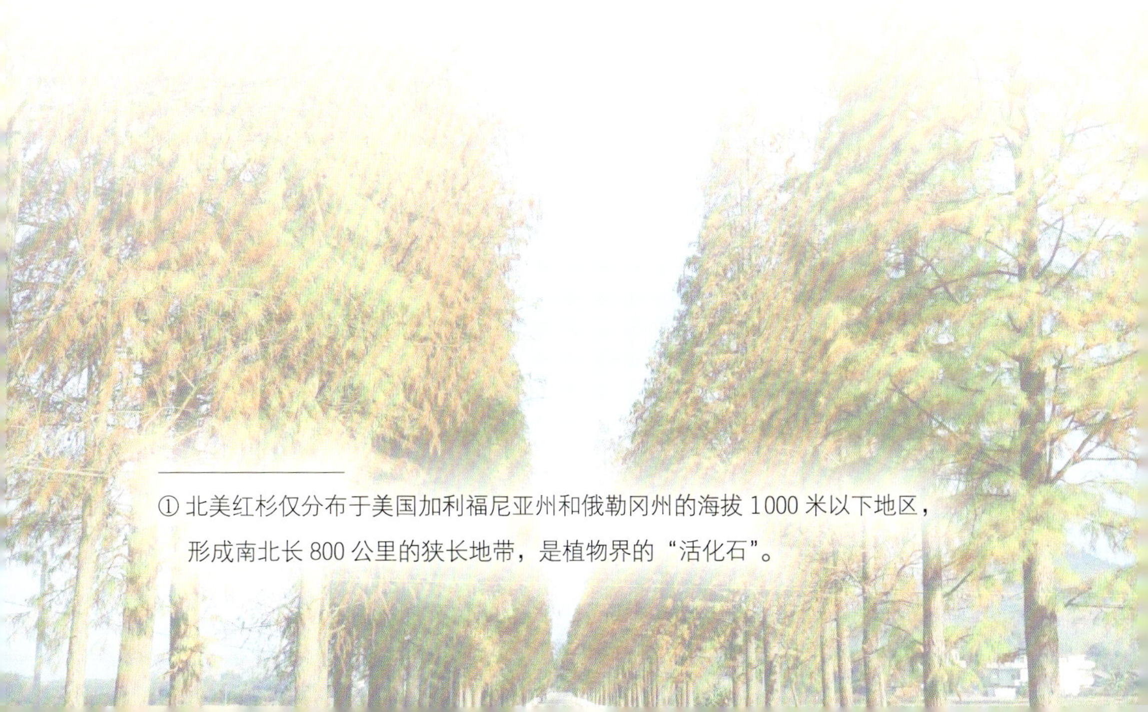

① 北美红杉仅分布于美国加利福尼亚州和俄勒冈州的海拔 1000 米以下地区，形成南北长 800 公里的狭长地带，是植物界的“活化石”。

青玉案

美国西海岸风光

2011 年 6 月

峭壁岩脊松枝密，
礁石兀，
涛拍岸。
风光旖旎万千幻。
云涛晓雾，
天涯如洗，
海市蜃楼绽。

群鸥飞低沙滩聚，
松鼠匿，
花争艳。
公路逶迤绿荒甸。
房车夜宿，
合家野餐，
情侣忘归返。

美国赫氏城堡[①]观感

2011 年 6 月

欧洲瑰影年少留，
立志圆梦几追求。
山巅筑城观沧海，
二十八年精运筹。
楼宇廊桥花径幽，
艺术珍品四望收。
泳池奢华木雕湛，
赫氏功名印千秋。

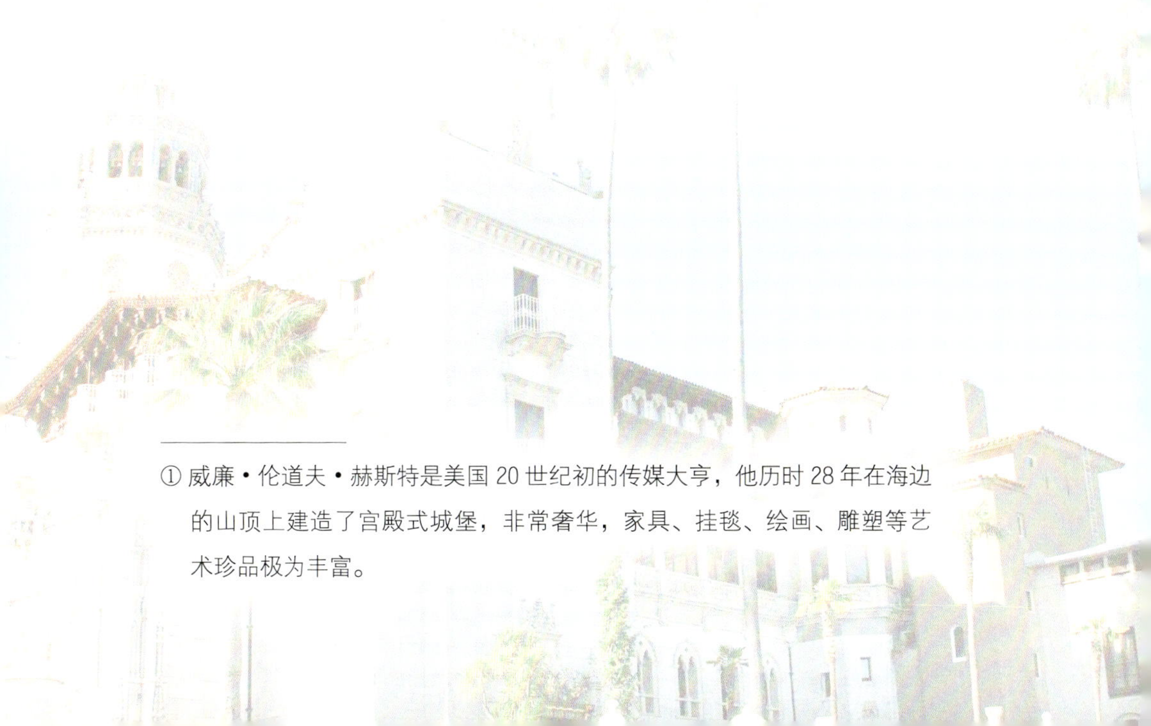

① 威廉・伦道夫・赫斯特是美国 20 世纪初的传媒大亨，他历时 28 年在海边的山顶上建造了宫殿式城堡，非常奢华，家具、挂毯、绘画、雕塑等艺术珍品极为丰富。

美国萨克拉门托[①]印象

2011 年 6 月

砖垒石砌尖屋脊，
青板路上马蹄急。
双臂巨桥任升降，
老式火车鸣汽笛。
束腰长裙纱罩容，
礼帽燕尾挽娇妻。
十八世纪重浮现，
加州首府存古仪。

① 萨克拉门托位于美国加利福尼亚州中部，是加利福尼亚州的州府所在地。

美国盖蒂艺术博物馆①

2011 年 6 月

艺术珍品藏万件，
历史长河窥一斑。
精神殿堂遗产筑，
盖蒂境界谁可堪。

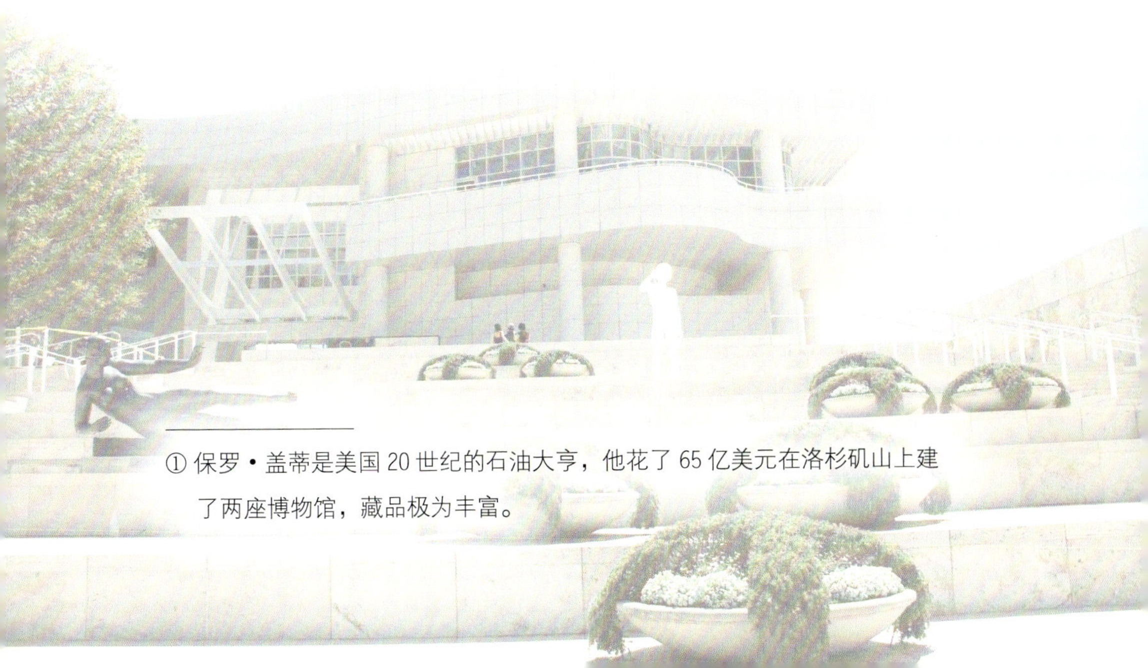

① 保罗·盖蒂是美国 20 世纪的石油大亨，他花了 65 亿美元在洛杉矶山上建了两座博物馆，藏品极为丰富。

浪淘沙

挪威之星邮轮

2011 年 8 月

浩瀚太平洋，
邮轮徜徉。
青山夹岸鸟高翔。
小镇冰河风姿领，
桃源仙乡。

船巨客八方，
美味飘香。
舞厅剧院歌飞扬。
桑拿气腾泳池碧，
沐浴阳光。

鹊桥仙

新西兰皇后镇[①]

2011 年 10 月

天遥地远，
林葱山刻，
湖碧微澜潋滟。
晚霞金染景尤奇，
伫望处，
长屏华皖。

白墙红瓦，
紫街绿巷，
雕塑游船美奂。
世间难觅此桃源，
健履顾，
光阴恨短。

① 皇后镇是新西兰的探险之都，每年有上万名游客来此地观光旅游。

风入松

波兰华沙

2012年9月

两邻强悍血雨腥，
千载运飘零。
东西冷战华约立，
桥头堡，
抗礼分庭。
纳粹残杀异族，
奥辛举世皆惊。①

① 指二战时期，德国纳粹在波兰建造的专用于屠杀犹太人的奥斯维辛集中营。

维斯拉瓦水流横，
世代力勃兴。
齐格蒙特[①]征杀奋，
约瑟夫，[②]
守土殊功。
居里夫人声赫，[③]
肖邦[④]光耀国名。

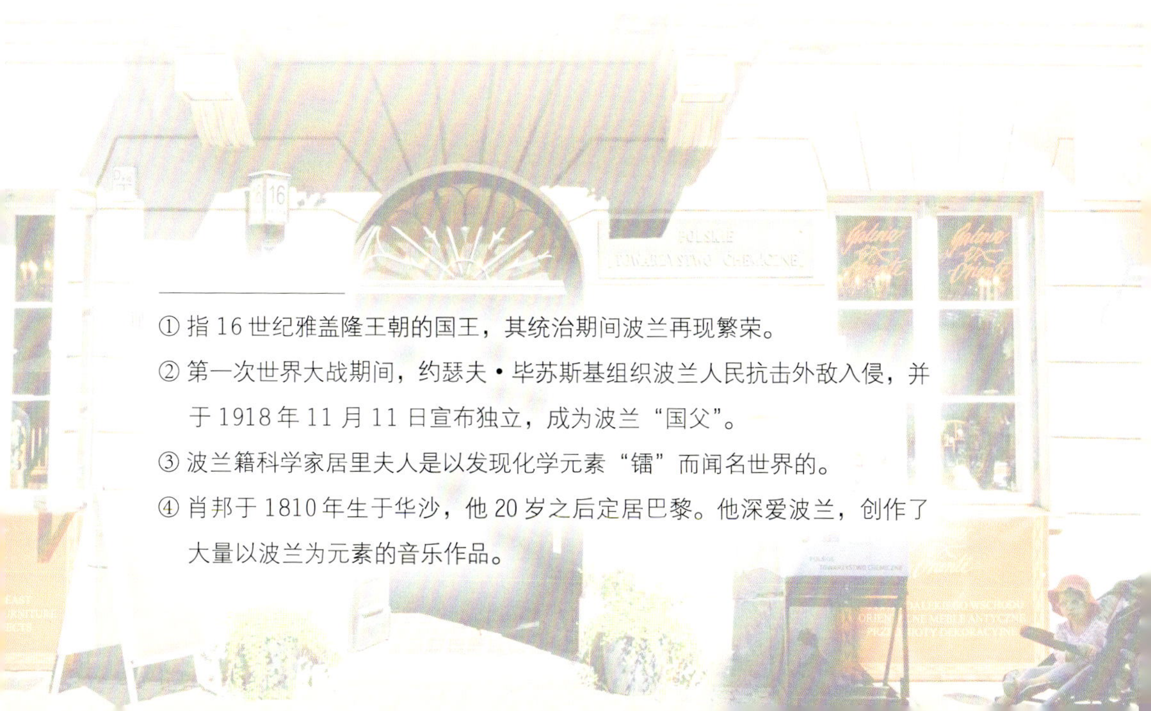

① 指16世纪雅盖隆王朝的国王，其统治期间波兰再现繁荣。

② 第一次世界大战期间，约瑟夫·毕苏斯基组织波兰人民抗击外敌入侵，并于1918年11月11日宣布独立，成为波兰“国父”。

③ 波兰籍科学家居里夫人是以发现化学元素“镭”而闻名世界的。

④ 肖邦于1810年生于华沙，他20岁之后定居巴黎。他深爱波兰，创作了大量以波兰为元素的音乐作品。

德国柏林街头偶见

2012 年 9 月

施河[①]桥畔草木幽，
教堂广场唱钟稠。
景明人织和融共，
马恩[②]凝眸阅春秋。

① 指贯穿柏林市内的施普雷河。

② 指建立在桥头一侧的马克思、恩格斯纪念雕像。

德国柏林胜利纪念柱

2012 年 9 月

伟柱高耸势破天，
炮弹铜壳镶周边。
胜利女神放眼望，
花环玉臂金光灿。
德法大战起狼烟，
威廉二世[①]雄心燃。
造像筑碑昭后代，
今留存照功过谈。

① 威廉二世（1859—1941）使德意志第二帝国达到巅峰，不但是欧陆头号强国，还打造出全球第二大海军。

水调歌头

德国柏林墙遗址

2012 年 9 月

日暮绛云染，
凝视柏林墙。
当年纵火国会，
纳粹甚颠狂。
二战殃及世界，
敌忾同仇愤讨，
波茨坦分疆。
一线定天地，
骨肉尽悲伤。

顺大势，
泯仇怨，
谱新章。
两德和谐一统，
墙倒[①]泪双行。
命运相连互助，
事业同生共进，
二十载辉煌。
遗址引为戒，
化剑睦邻邦。

①1990年10月，东德与西德统一，拆除了两国之间的围墙。

青玉案

德国汉堡[1]印象

2012 年 9 月

暮秋断续纤尘雨，
日间绽，
云堆絮。
易北[2]桥横花草郁。
阿湖[3]波淼，
鸳鸯弄水，
天鹅游人戏。

千年都会新如洗，
市政楼宏雕金壁。[4]
肯特[5]尖穹雄气宇。
永华[6]光灿，
酒吧灯绿，
客雅低眉语。

---

① 汉堡是德国最大的海港城市。

② 指流经市区的易北河。

③ 指市内的阿尔斯特湖。

④ 指 1897 年建造的市政大厅，外部雕刻富丽堂皇，内部装饰华贵高雅，是一座典型的文艺复兴式建筑。

⑤ 指市内的肯特教堂。

⑥ 指永华商业步行街。

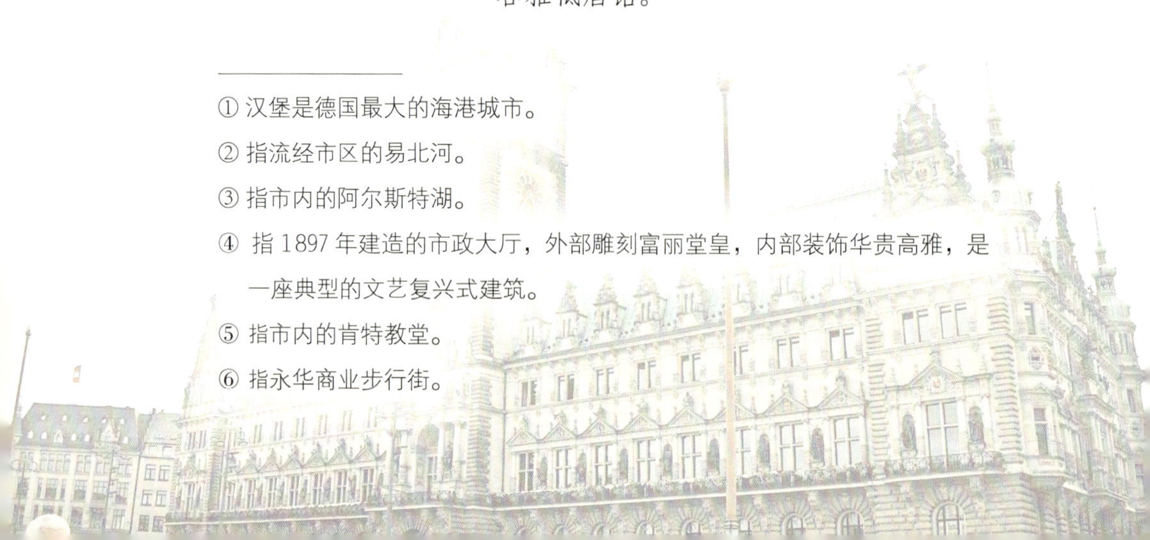

少年游

荷兰阿姆斯特丹

2012 年 9 月

溪流网布，
家家船埠，[①]
航运筑新城。
客自八方，[②]
寻欢云雨，
何必问曾经。

星移斗转铅华却，
佳丽续风情。
明月花街，
品香赏玉，
人性本相同。

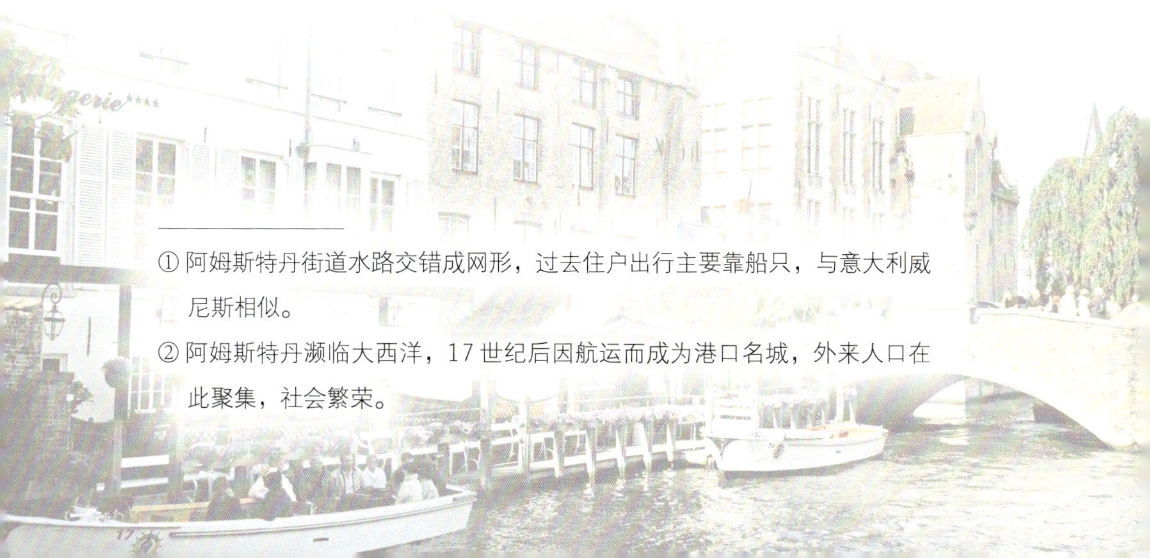

① 阿姆斯特丹街道水路交错成网形，过去住户出行主要靠船只，与意大利威尼斯相似。

② 阿姆斯特丹濒临大西洋，17 世纪后因航运而成为港口名城，外来人口在此聚集，社会繁荣。

荷兰小镇

2012 年 9 月

草甸葱郁绿无涯，
溪流阡陌栖雪鸭。
老式风车成新景，
飞鸟低盘雁行斜。

比利时布鲁诺克

2012 年 9 月

布鲁诺克[①]故友逢，
频频把盏醉酩酊。
酒逢知己千杯少，
此时不狂枉为生。

① 布鲁诺克是比利时西北濒临大西洋的一个海边小镇，也是欧洲的度假景区，百鹤高画廊的总店就在此地。

江城子

比利时布鲁塞尔

2012 年 9 月

王宫①宏伟历风烟，
智何堪，
小于连。②
九球叠置，
原子塔擎天。③
佳地欧盟陈总部，④
多展会，⑤
众趋先。

① 王宫是比利时最宏伟的建筑，曾被法国人摧毁，1695 年重建。

② 传说西班牙人入侵比利时，点燃了通往市政厅火药库的导火索，小于连急中生智撒尿将其浇灭。1619 年，比利时人塑小于连铜像以示纪念。

③ 原子塔高 102 米，重 2200 吨，由 9 个巨球组成。

④ 布鲁塞尔地处欧洲中心，欧盟总部设于此地。

⑤ 指世博会展馆。

卜算子
游法国巴黎有感

2012 年 9 月

移舟塞纳，①
波碧目迷，
两岸柳低鸟栖。
铁塔② 登临，
尽望满城凝绿。
凯旋门，③
至伟钟灵毓。
圣母院，④
钟楼峙耸，
曾经数载烟雨。

大气难朋侣，
跑马览凡宫⑤，
奢华云聚。
漫步卢浮，⑥

---

① 指穿行巴黎市区的塞纳河。

② 指 1889 年建造的埃菲尔铁塔。

③ 凯旋门为拿破仑时期所建，至今近 200 年，高 50 米，气势恢宏，四面是巨幅浮雕。

④ 巴黎圣母院于 1163 年动工，1345 年建成，为典型的哥特式建筑。

⑤ 凡尔赛皇家行宫，是欧洲最宏伟华丽的宫殿，为法国园林典范。

⑥ 卢浮宫建于 1204 年，为迄今世界最大艺术博物馆，“维纳斯”“胜利女神”“蒙娜丽莎”为世界艺术瑰宝。

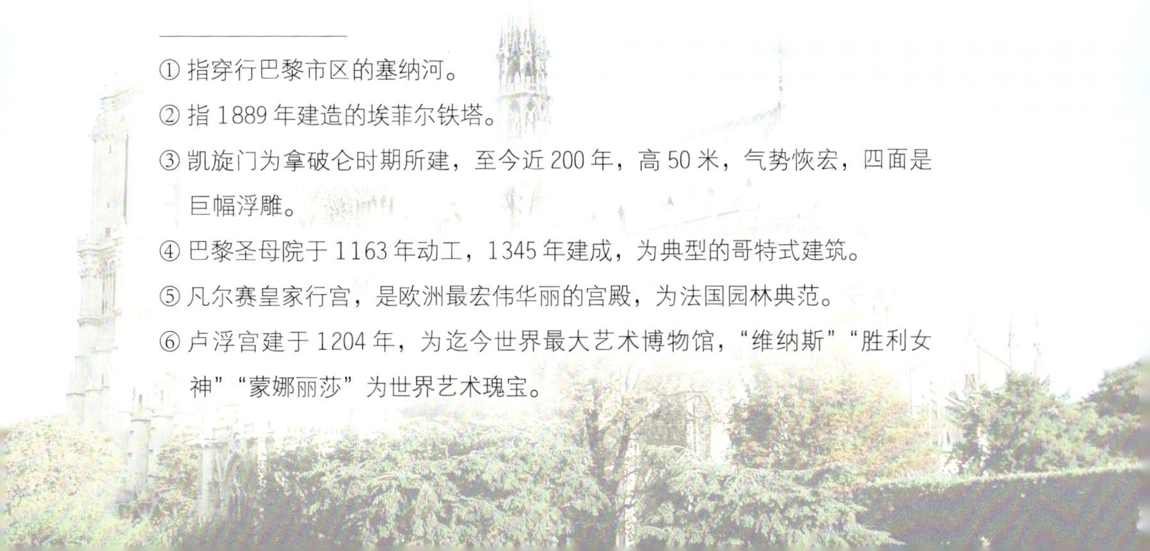

世界最无双誉。
又新区，①
奇妙名寰宇。
对胜景，
千般感慨，
少绝词佳句。

① 指以现代手法建造、楼宇争奇斗艳的拉德芳斯新区。

临江仙

法国巴比松[1] 米勒故居

2012 年 9 月

拾穗[2] 晚钟[3] 难忘却，
牧羊女[4] 记犹新。
幅幅画作世稀珍。
朴实浑厚，
色彩见真纯。

林郁河清花锦簇，
巴比松远嚣尘。
养家劳作奋耕耘。[5]
屋简灯暗，
挥笔梦消魂。

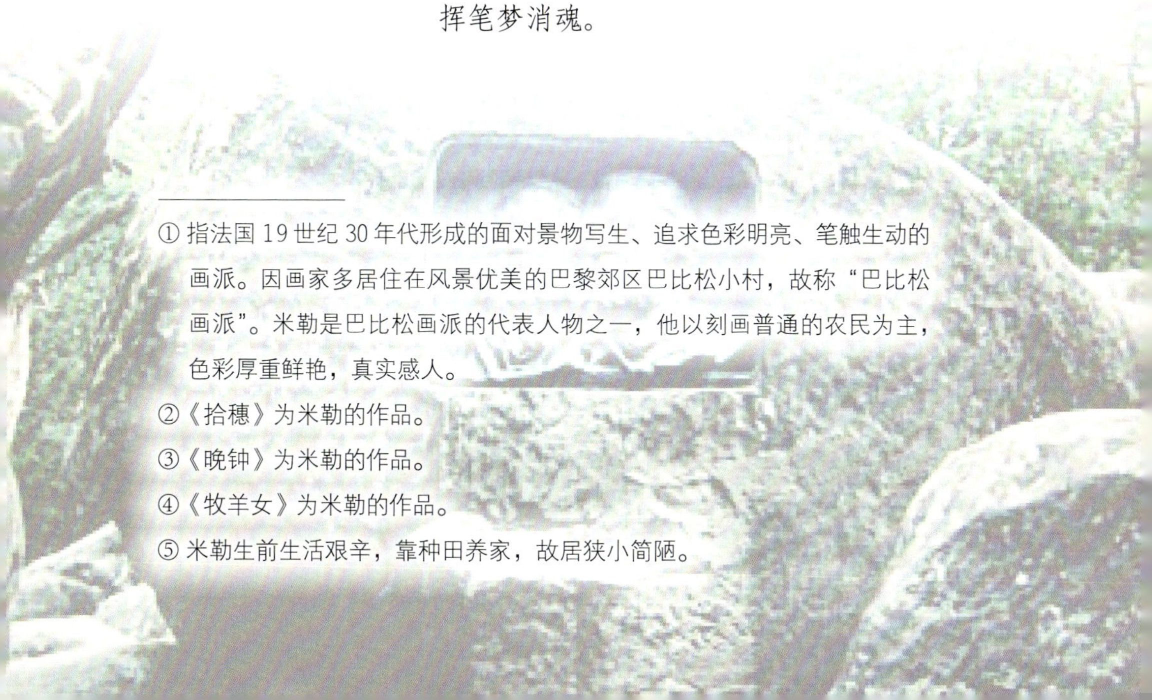

① 指法国 19 世纪 30 年代形成的面对景物写生、追求色彩明亮、笔触生动的画派。因画家多居住在风景优美的巴黎郊区巴比松小村，故称“巴比松画派”。米勒是巴比松画派的代表人物之一，他以刻画普通的农民为主，色彩厚重鲜艳，真实感人。

②《拾穗》为米勒的作品。

③《晚钟》为米勒的作品。

④《牧羊女》为米勒的作品。

⑤ 米勒生前生活艰辛，靠种田养家，故居狭小简陋。

临江仙

法国卢瓦尔河谷[①]

2012 年 9 月

沃野无垠流玉碧，
林拥草茂花繁。
天高风细朵云衔。
旷尘幽寂，
落日紫烟岚。

棋布星罗城堡异，
昂布瓦斯高瞻。[②]
香波玄妙[③]妇人[④]妍。
钟鸣唱晚，
梦枕水潺湲。

---

① 卢瓦尔河位于法国中部，河两岸绿树丛中掩映着许多中世纪和文艺复兴时期的古堡，故有“法兰西后花园”之称。

② 昂布瓦斯城堡建于 15 世纪至 16 世纪，它曾是众多法国国王厚爱的御花园，达·芬奇死后就安葬于此地。

③ 香波堡是法国王室狩猎的行宫，城堡有 440 个房间、84 处楼梯，繁复而又不失协调，变化又统一。城堡内的“双舷梯”设计玄妙，很有特色。

④ 妇人堡又称舍农索城堡，分跨卢瓦尔河，设计精美，多位国王的爱妃和贵妇人曾居住于此，故被法国人称为“妇人堡”。

喝火令

西班牙马德里

2012 年 9 月

皇马[①]声名赫，
斗牛历久年。[②]
两楼斜耸[③]欲齐天。
古蔺塔拉商道，[④]
游客竞摩肩。

犹记哥伦布，[⑤]
拓疆奏凯还。
太阳广场马昂喧。[⑥]

① 指皇家马德里足球队。

② 西班牙是世界上最著名的“斗牛王国”，全国有 400 多个斗牛场，以马德里的范塔士斗牛场最具规模。

③ 马德里是欧洲的南大门，建造了“欧洲门”雕塑，背景是两个对称的斜楼，别具一格。

④ 古蔺塔拉是马德里市中心的步行商业街。

⑤ 哥伦布广场是为纪念其航海发现新大陆所建。

⑥ 太阳门广场是马德里的中心点，16 世纪的国王菲利普二世骑马雕像矗立在广场上。

塞氏执书，[①]
毕加索[②]开元，
斗牛场馆宏阔，
印证旧曾谙。

① 塞万提斯是西班牙小说家、戏剧家、诗人，其著作《堂吉诃德》是文学史上第一部现代小说。马德里市有塞万提斯执书端坐、堂吉诃德指挥军队的雕塑。

② 毕加索是西班牙画家，因创建“立体画派”而享誉世界。

西班牙托雷多[①]

2012 年 9 月

谷深方觉城堡[②]伟，
河清[③]更映皇宫尊。
寻幽觅古拾级上，
教堂[④]奇特烙印痕。

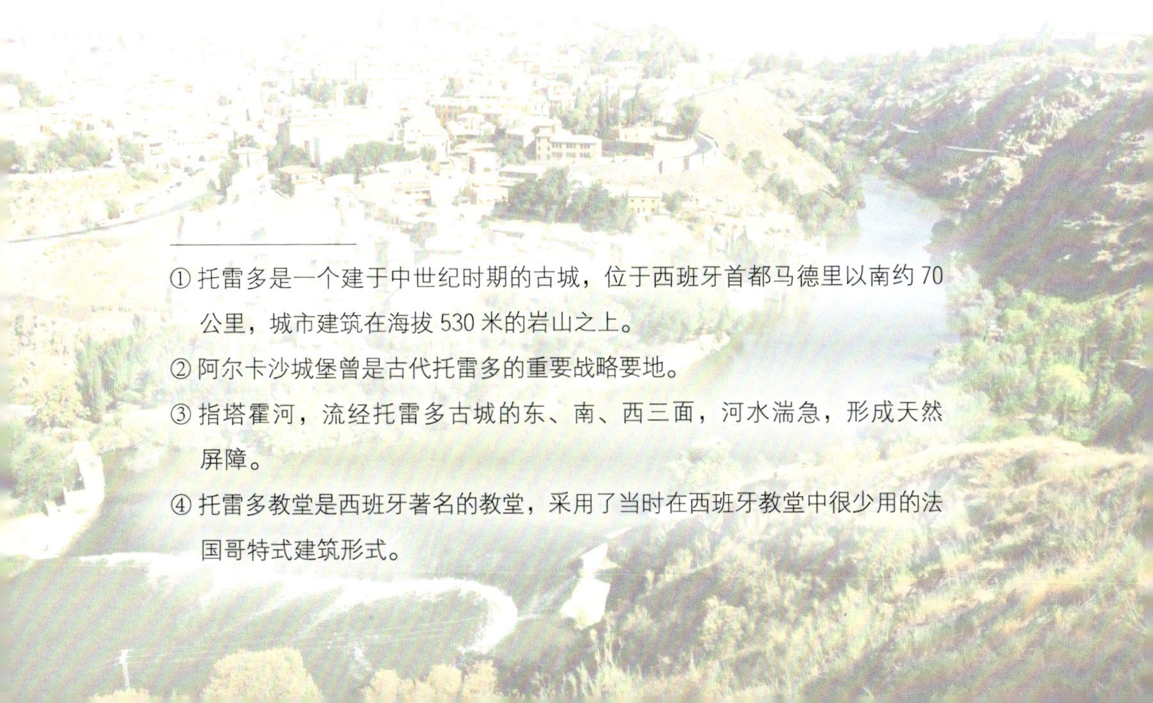

① 托雷多是一个建于中世纪时期的古城，位于西班牙首都马德里以南约 70 公里，城市建筑在海拔 530 米的岩山之上。

② 阿尔卡沙城堡曾是古代托雷多的重要战略要地。

③ 指塔霍河，流经托雷多古城的东、南、西三面，河水湍急，形成天然屏障。

④ 托雷多教堂是西班牙著名的教堂，采用了当时在西班牙教堂中很少用的法国哥特式建筑形式。

减字木兰花

西班牙古堡托雷多

2012 年 9 月

依山筑堡，
墙围楼高势悍骜。
河水莹环，
难越雷池自苟安。

皇宫宏伟，
印证当年名显贵。
哥特教堂，
个性风格傲众芳。

风入松

葡萄牙里斯本

2012 年 9 月

大洋① 浩瀚觅珍珠，
航海梦成真。
君王亨利② 当为最，
丰碑立，
群像旁分。③
地震人亡城毁，
侯爵筹划垂勋。④

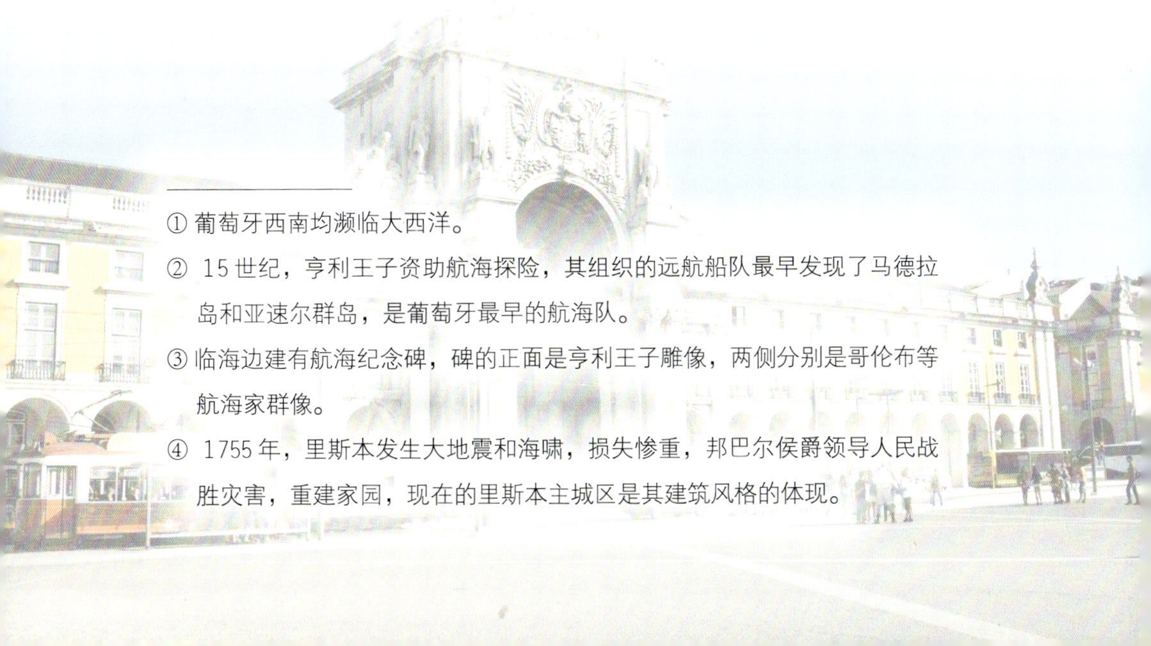

① 葡萄牙西南均濒临大西洋。

② 15 世纪，亨利王子资助航海探险，其组织的远航船队最早发现了马德拉岛和亚速尔群岛，是葡萄牙最早的航海队。

③ 临海边建有航海纪念碑，碑的正面是亨利王子雕像，两侧分别是哥伦布等航海家群像。

④ 1755 年，里斯本发生大地震和海啸，损失惨重，邦巴尔侯爵领导人民战胜灾害，重建家园，现在的里斯本主城区是其建筑风格的体现。

昔年伟业韵犹存，
宫殿据山尊。[1]
一桥飞架车潮涌，
贝林塔，[2]
傲视关津。
对称高街[3]游走，
民风敦厚清纯。

---

① 葡萄牙城堡颇多，最著名的佩纳宫奢侈华丽，建在山顶上。
② 贝林塔位于太加斯河北岸，是为了纪念葡萄牙航海功绩所建，被联合国列入世界文化遗产名录。
③ 里斯本老城区的建筑被街道网状分割，楼宇店铺对称地建在道路两侧。

葡萄牙海滨

2012 年 9 月

雨涤碧空清多许，
风吹云去放天高。
眺望远山知不远，
海水微澜戏众桡。
楼白墅红万木绿，
梵音清寂绝尘嚣。
银滩人沸喧声起，
放浪嬉戏乐陶陶。

扬州慢

巴西里约热内卢

2012 年 10 月

镶嵌洋湾，①
货轮云聚，
大桥②跨海游龙。
教堂③结构巧，
歌剧院④峥嵘。
夜空碧，
桑巴热舞，
马拉卡纳⑤，
万众雷鸣。
望驼峰，
张臂耶稣⑥，
呵佑苍生。

---

① 里约热内卢位于巴西东南部大西洋瓜纳巴拉湾西岸，是世界公认的第三大海港。

② 指连接里约城与尼泰罗伊市的 13290 米长的跨海大桥。

③ 天梯教堂设计独特，线条明快，外观似高耸入云的金字塔，内部带状分布的落地玻璃熠熠生辉。

④ 指皇家歌剧院，其历史悠久，建筑堂皇，是著名的演出场所。

⑤ 马拉卡纳球场是世界著名的大型体育馆之一，能容纳观众 20 万人，每逢重大足球赛，这里便成沸腾的海洋。

⑥ 耸立在海岸上的科尔科瓦多山，葡萄牙语意为“驼峰”，又称“驼峰山”。1931 年，里约人在山上修建了张开双臂的耶稣像，又称为“耶稣山”。

栉风沐雨，
历春秋①，
薪火传承。
感上帝恩泽，
无垠沃野②，
天宝丰盈③。
借势变革寻经，
三十载，
功过分明④。
日沉高临面包山，
灯灿霞红。

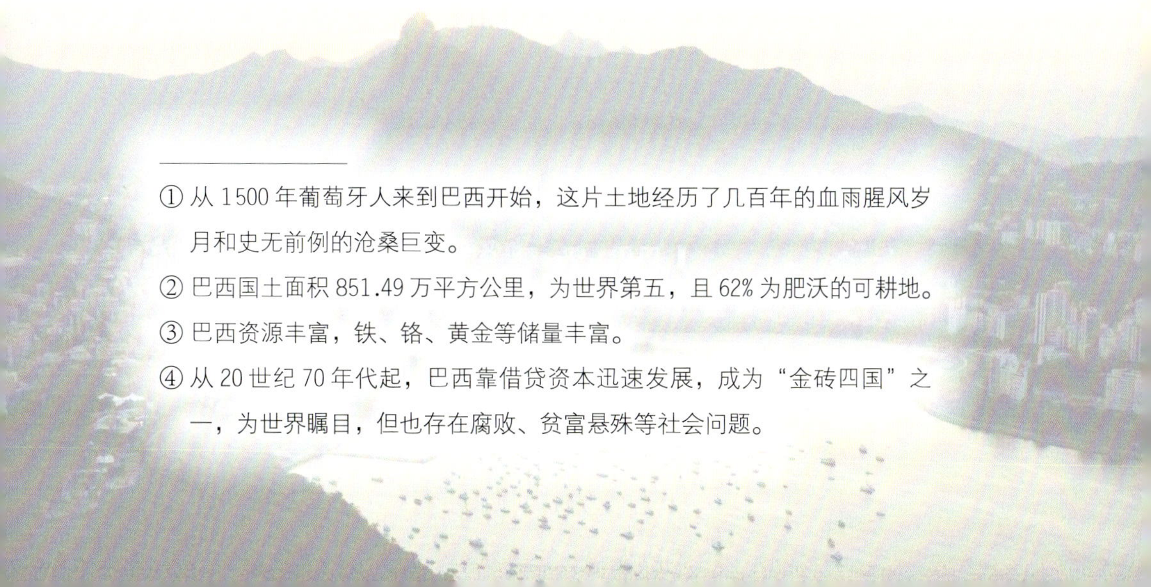

① 从 1500 年葡萄牙人来到巴西开始，这片土地经历了几百年的血雨腥风岁月和史无前例的沧桑巨变。

② 巴西国土面积 851.49 万平方公里，为世界第五，且 62% 为肥沃的可耕地。

③ 巴西资源丰富，铁、铬、黄金等储量丰富。

④ 从 20 世纪 70 年代起，巴西靠借贷资本迅速发展，成为“金砖四国”之一，为世界瞩目，但也存在腐败、贫富悬殊等社会问题。

登临巴西里约面包山[①]

2012 年 10 月

耶稣高耸遥相望，[②]
里约风貌尽眼收。
千帆暂栖云霞里，
万家灯火映琼楼。

---

① 里约面包山是巴西著名的旅游景点，因形似法式面包而得名。山高 394 米，是里约热内卢的象征之一。

② 里约西面临海有座海拔 709 米的山丘叫科尔科瓦多山，山上古木参天、飞瀑流泉。1931 年，人们在山上修建了高 38 米、重 1200 吨的耶稣像。雕像张开双臂，双目微闭，为世人祈福。

巴西火烈鸟

2012 年 10 月

结队成群色似火，
碧波休憩数点红。
腾空飞舞风雨沐，
爱侣坚贞万里程。

南美伊瓜苏瀑布①

2012 年 10 日

百川汇聚气势雄，
白练高挂十里横。
大小参差环成月，
高低错落几叠层。
巨流狂泻风雷荡，
海啸山崩云雾腾。
魔鬼咽喉②动心魄，
天公着意绘彩虹。

① 印第安语“伊瓜苏”意为“浩大的流水”。伊瓜苏瀑布位于伊瓜苏河与巴拉那河的交汇处。瀑布为马蹄形，落差 82 米，宽 4000 多米，是由大大小小的急流组成的瀑布群。由于水量极大，汇成了气势磅礴的世界最宽的瀑布。

② 伊瓜苏瀑布最顶端是“U”形瀑布，水势浩大，动人心魄，故称“魔鬼咽喉”。

智利南部印象

2012 年 10 月

地迥觉山远，
天高感云低。
寂寥农舍缀，
草茂牛羊稀。

浪淘沙

智利格雷冰川[①]

2012 年 10 月

谷壑峙雪峰，
伟岸崚嶒。
冰川逶迤万年功。
碎玉堆积兵布阵，
错落叠层。

日暖逐消融，
汇聚瑶瑛。
蓝如海宝绿珠莹。
形态异殊天造化，
剔透玲珑。

① 格雷冰川是智利南部冰川的重要组成部分。

智利柯尔诺德裴恩山

2012 年 10 月

雪山[①] 并列媲美争，
雄浑妩媚甚分明。
黛袍素冠四冲立，
婀娜绚丽三塔峰。
莽原风虐沙石走，
冰湖波涌影共融。
春夏秋冬朝朝暮，
落日同浴云霞红。

① 指包围着拉哥裴赫湖的柯尔诺德裴恩山和托雷德裴恩山两座雪山。

阿根廷冰川

2012 年 10 月

冰川隐居南极边，
日暖风灼身躯残。
碎块散落星棋布，
大小珍珠撒玉盘。

阿根廷海边

2012 年 10 月

海天苍茫鸟列排，
争宠亮相竞登台。
低眉不语秋波送，
昂首独立大元帅。
拳脚相加斗威勇，
卿卿我我秀恩爱。
风起浪高暂谢幕，
日丽云细又复来。

点绛唇

阿根廷冰川

2012 年 10 月

剔透晶莹，
雪积万载银龙卧。
碧绽如玉，
绝美羞颜色。

雨侵风剥，
昔年痕迹刻。
天变暖，
面积骤缩，
福祸难知否。

阿根廷风光

2012 年 10 月

天蓝云白画背景，
雪山冰川堪岧峣。
波涌层浪涂底色，
碎冰如玉竞比娇。

采桑子

阿根廷企鹅岛[1]

2012 年 10 月

山环海湾风波静，
灌木丛生。
企鹅安营，
万户千家和睦融。

修巢孵卵雌雄共，
训仔独行。
嬉戏悠闲，
求偶高亢[2]情更浓。

① 瓦尔德斯半岛是麦哲伦企鹅的栖息地。这种企鹅身高 50 厘米至 60 厘米，黑背白腹，脖子处长有环状的白色羽毛。

② 企鹅求偶时会发出高远悠长的鸣叫声。

水调歌头

阿根廷瓦尔德斯半岛①

2012 年 10 月

半岛大洋岸，
动物乐团圆。
羊驼②野兔结伴，
树丛匿狐仙。
海象憨肥笨重，
海豹浑圆雄健，
成群晾沙滩。
汀渚列鸥鸟，
企鹅步蹒跚。

鲸鱼汇，
举目见，
世奇观。

① 瓦尔德斯半岛位于阿根廷东北部，濒临大西洋。突出的半岛形成了一个圆形的平静海湾，为海豹、鲸鱼、企鹅等海洋动物提供了天然庇护所。
② 羊驼形体高大类似骆驼，其头又似羊，故称羊驼。

虎头硕大身摇，[③]
鳍摆浪飞旋。
逆戟玲珑骄巧，[④]
翻滚腾空跳跃，
黑白美惊颜。
佳境杜污染，
鱼聚海天蓝。

③ 老虎鲸，黑色身躯长十几米，头大且有黄白色疥斑，巨鳍拍水时会发出巨响。

④ 逆戟鲸，身材小巧，黑背白肚皮，鳍上间有白斑，善于翻腾跳跃。

一剪梅

挪威峡湾[①]晨曦

2013 年 8 月

玉带蜿蜒岭纵横，
晨霭风拂，
云渺螺青。
水似天镜好梳妆，
澄碧波微，
倩影琼瑛。

湾坳渔村画图中，
旷野芳茵，
屋舍花红。
桃源世外远烟尘，
岛渚鸥栖，
岸曲舟停。

① 挪威以峡湾闻名，有“峡湾国家”之称。

浪淘沙

挪威奥勒松[①]感怀

2013年8月

云细远晴空，
螺髻崚嶒。
潺湲碧水泛光莹。
鸟唱鸥翔添秀色，
岛众舟横。

高踞览滨城，
五彩纷呈。
废墟重建展新容。[②]
港口货轮缘纵列，
渔业繁荣。

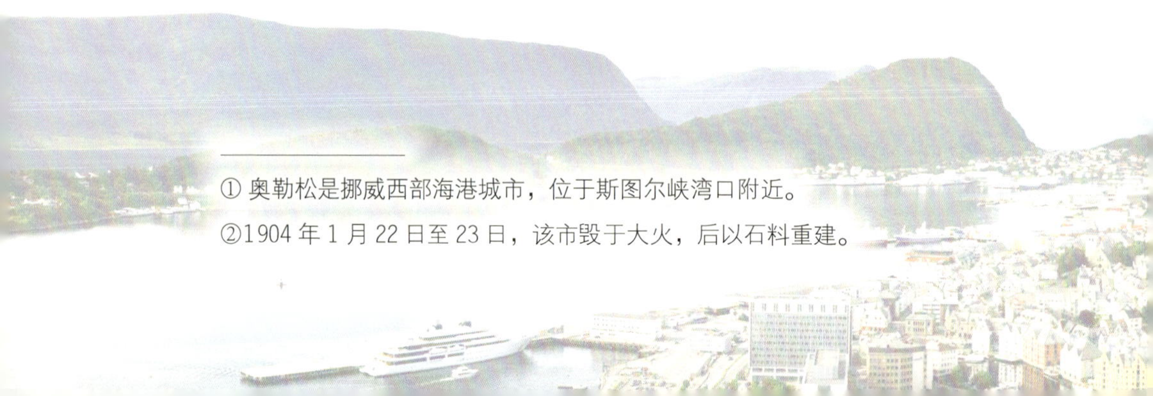

① 奥勒松是挪威西部海港城市，位于斯图尔峡湾口附近。
②1904年1月22日至23日，该市毁于大火，后以石料重建。

挪威克里斯蒂安森[1]

2013 年

海开丽锦云为裳，
万物寥寂未晓妆。
小城三岛沉梦里，
轮船灯稀待帆扬。

① 克里斯蒂安森是挪威南部的海湾城市，该市由三个小岛组成，岛屿之间有大桥相连。

巫山一段云

船游挪威峡湾

2013 年 8 月

盛夏风送爽，
晴岚云絮堆。
峡幽水碧万峰岿，
波影绽霞晖。

布道凌绝顶，①
奇石鹰绕飞。②
粉墙红瓦匿茵帷，
吕瑟凝翠微。③

---

① 吕瑟峡湾有一块巨大平整的天然石头斜立着，上面可容纳几百人，故曰“布道石”。

② 峡湾两山最窄处有一圆型巨石卡在中间，游人可走上去，可谓世界奇观。

③ 吕瑟即吕瑟峡湾。

点绛唇

挪威奥达小镇[①]

2013 年 8 月

千树岚凝，
连绵流碧波光灿。
雨歇云散，
神阙斑斓现。

岸芷汀兰，
小镇葱茏染。
居水畔，
淡泊怀远，
锦绣风帆满。

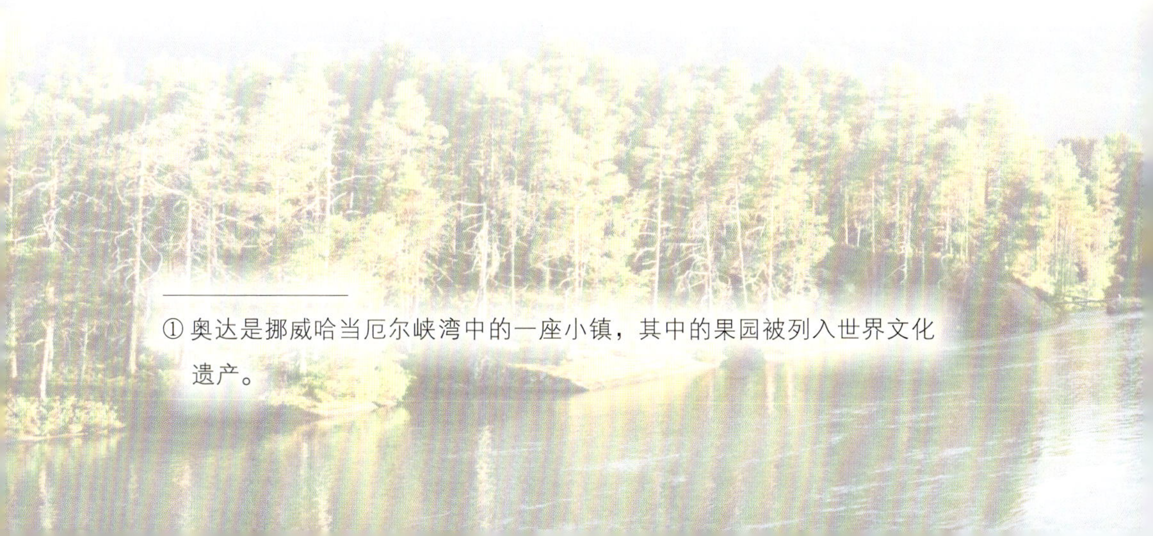

① 奥达是挪威哈当厄尔峡湾中的一座小镇，其中的果园被列入世界文化遗产。

鹧鸪天

挪威峡湾小镇

2013 年 8 月

水光潋滟雨后晨，
渊涵霜镜印天痕。
峰回九曲红绡里，
湾静峡深浓绿阴。

风弄影，
露拂尘，
扁舟轻棹沐朝暾。
鱼翔潜底群鸭戏，
岸草滩头垂钓人。

忆秦娥

车行大西洋路[①]

2013 年 8 月

车安步，
穿行险峻大洋路。
大洋路，
涌流桥跨，
耸高斜兀。

烟波浩淼云霞浦，
岩礁岛渚星棋布。
星棋布，
腾移蛙跳，
驭虹飞渡。

① 大西洋海滨公路建造在挪威阿尔法罗密欧，此公路亦称“大西洋之路”。

挪威尤通黑门山[①]

2013 年 8 月

雪消冰融化瑶瑛，
玉宇莲花倍玲珑。
山高云低离天近，
广寒嫦娥便捷行。

① 尤通黑门山位于挪威南部，总面积约为 3500 平方公里。

江城子

挪威盖朗厄尔峡湾[①]

2013 年 8 月

潺湲盘绕卧龙藏，
黛光凝，
莽苍苍。
壑深万丈，
浑浩气宇昂。
鹰路高攀收望眼，
天造化，
世无双。

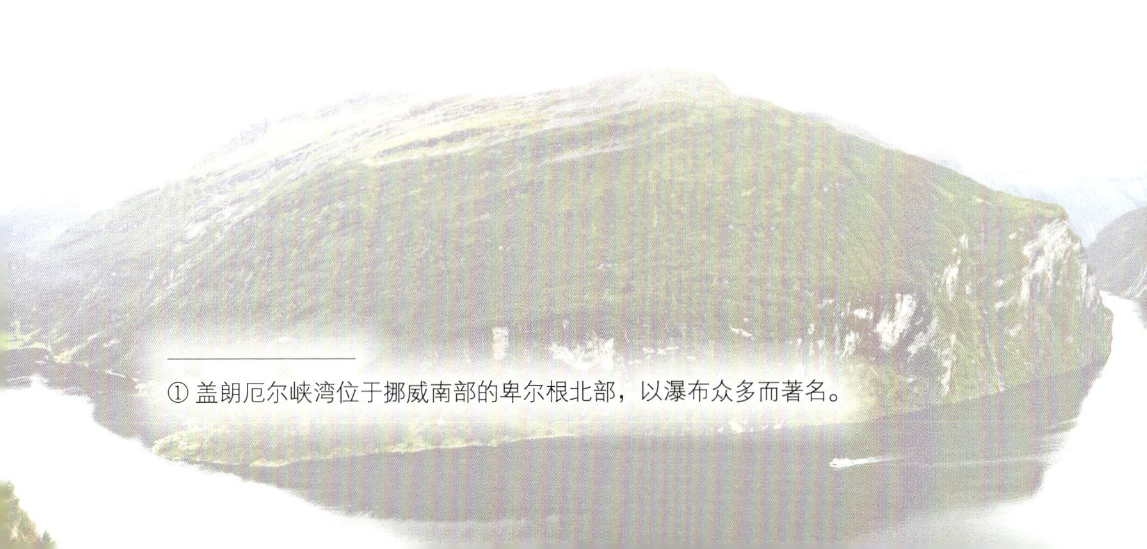

① 盖朗厄尔峡湾位于挪威南部的卑尔根北部，以瀑布众多而著名。

西江月

挪威松恩峡湾[①]

2013 年 8 月

耸峙峰峦湾复，
雪积冰碛娇妍。
成双光影水中天，
朝暮阴晴万幻。

峭壁飞流跌荡，
山重路转盘恒。
木屋零落染霞丹，
道道游船白练。

---

① 松恩峡湾是挪威最大的峡湾，也是世界上最长最深的峡湾，全长达 204 公里，其最深处有 1308 米。

捣练子

挪威峡湾雨中

2013 年 8 月

晨细雨，
景朦胧，
断续白云断续风。
岛屿潜形山不见，
木屋点彩系孤蓬。

采桑子

挪威峡湾雨后

2013 年 8 月

盈绿满目新如洗，
苔厚葱铺。
湖岫雨酥，
波起涟漪怨野凫。

山隔水阻闻啼鸟，
一桥通途。
积藻黄枯，
老树花丛隐芥浮。

卜算子

澳大利亚黄金海岸[①]

2016 年 4 月

云暮雁争鸣，
海碧飞金镜。
天湛霞彤玉宇澄，
摇曳帆船影。

桅挺挂渔灯，
楼耸波光映。
渐逝喧哗浪亦平，
静寂多甜梦。

① 黄金海岸位于澳大利亚东部海岸中段，在布里斯班以南，由一段长约 42 公里、数十个连续排列的优质沙滩组成。

渔歌子

威尼斯[①]

2016 年 9 月

马可波罗誉远扬，[②]
河流阡陌世无双。
桥叠架，
水沧浪，
艄公弄月客寻芳。

---

① 威尼斯为意大利著名旅游城市，市区有 117 条水道纵横交错，又有“水城”之称。

② 马可波罗是 13 世纪意大利著名的旅行家和商人，他在中国游历了 17 年，回到威尼斯后被关进监狱，口述了《马可波罗游记》，激起欧洲人对东方古国的强烈向往，对以后新航路的开辟产生了巨大影响。

威尼斯印象

2016 年 5 月

水城游船两头尖，
晨曦静列栈桥边。
教堂塔楼遥相望，
仗尔载客天地间。

阿尔卑斯山少女峰[①]

2016 年 10 月

夜雨晨雾朦，
隐匿少女峰。
心诚天作美，
云开睹芳容。
冰雪白灿明，
婀娜百媚生。
阴晴变幻莫，
壮美谢天公。

① 少女峰海拔 4158 米，是瑞士的著名雪峰。传说很久以前，有天使下凡来到人间，她选择在一处美丽醉人的山谷中居住下来。之后，天使又为这座山谷装饰上了无数的湖泊、森林和鲜花。这座梦境般的山峰被称为少女峰。

阿尔卑斯山马特宏峰①

2016 年 10 月

众峰谦和你险峻，
头尖嘴张状鹰鹫。
桀骜不驯将点兵，
神工鬼斧岁月稠。
兄弟比肩你崚嶒，
居高临下独自修。
风霜雪雨擎天立，
海拔伟岸冠欧洲。

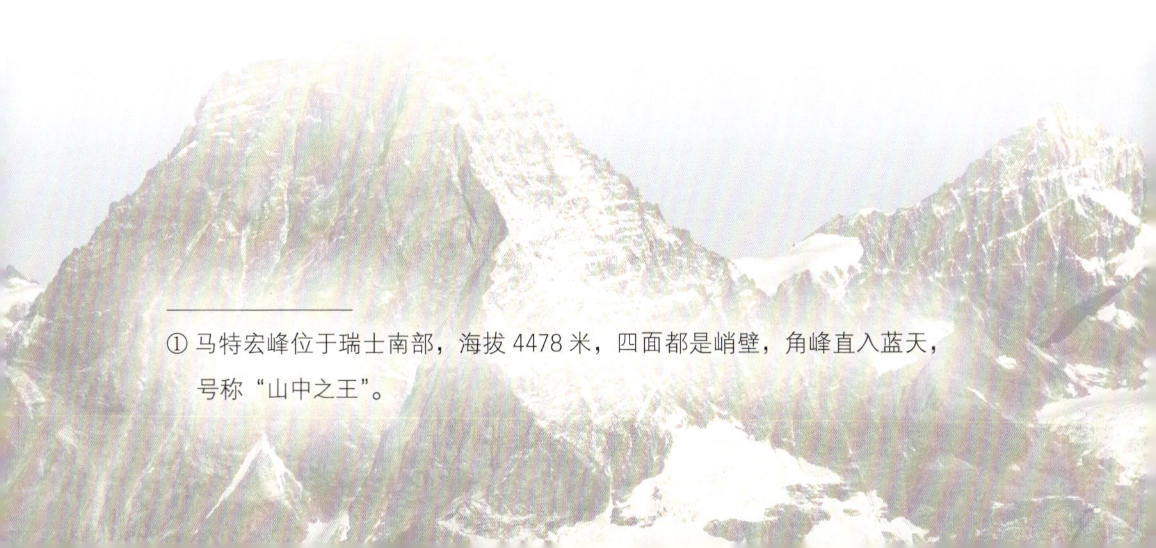

① 马特宏峰位于瑞士南部，海拔 4478 米，四面都是峭壁，角峰直入蓝天，号称“山中之王”。

小重山

瑞士因特拉肯[①]印象

2016 年 10 日

山耸雪灿云半间。
峡深空寂处，
锁龙盘。[②]
两湖珠碧玉丝牵。[③]
琼花簇，
草木绿千般。

城小列长垣。
幽栖画屏里，
乐悠然。
一川凝翠浣溪衔。
居仙境，
心旷寿延年。

---

① 因特拉肯是瑞士中部的一个小镇，位于图恩湖和布里恩茨湖之间。少女峰位于该镇的南侧。

② 指少女峰。

③ 两湖之间有条小河相连，异常优美。

捣练子

阿尔卑斯山

2016 年 10 月

天地静，
碧澄空，
壮丽群山瑞气融。
青黛雪白银世界，
卧龙幽涧梦迷中。

阿尔卑斯山印象（一）

2016 年 10 月

山峦偃蹇凌云天，
雪白更衬光影蓝。
碧潭玲珑幽谷匿，
疑是仙女遗玉簪。

阿尔卑斯山印象（二）

2016 年 10 月

天净白云翻，
雪莹映光灿。
群山锁旷野，
峰尖怒冲冠。
大地铺绿毡，
林深鸟飞旋。
人居仙境里，
胜似桃花源。

如梦令

瑞士阿勒河

2016 年 10 月

河阔水清波静，
崖断礁石高擎。
浪聚骤跌落，
澎湃簇拥相送。
汹涌，
汹涌，
狂泻怒奔威猛。

江南春

铁力士雪山远眺

2016 年 10 月

风渺渺，
波轻轻。
山重抬望眼，
峰耸乱云飞。
皑皑白雪骄阳灿，
光影湛蓝凝翠微。

瑞士格拉鲁斯

2016 年 10 月

横亘莽原间，
云积绕山巅。
棱角风刀刻，
岩石色斑斓。
水清幻玉带，
林茂柳含烟。
雨润芳草绿，
牛羊乐悠然。

踏莎行

瑞士卢塞恩之晨

2016年10月

山半云浮，
峰峦峻峭，
白雪明灿勾棱角。
花横庭院两三枝，
松苍坡上千秋邈。

小镇熹微，
清新空杳，
万籁静寂轻飞鸟。
幽居仙境久清兴，
天人和睦榆年兆。

瑞士日内瓦

2016 年 10 月

山蓝湖碧喷泉高，①
新城老区②泾渭淆。
三腿座椅寓意深，③
百达裴丽④堪为豪。

① 日内瓦位于瑞士西南部的阿尔卑斯山腹地，又紧邻日内瓦湖。大喷泉是市内代表性景观，喷射高度达 140 米，是世界上最大的人工喷泉。

② 日内瓦老城区有许多中世纪的罗马式、哥特式建筑，新城区多为新式建筑。

③ 日内瓦市内有多个联合国机构。在万国宫广场上有一个三条腿的座椅雕塑，颇有寓意。雕塑本身是为了表达民众与国际组织平等与对话的意愿，而一般人却调侃为联合国因成员国之间利益冲突而不具有权威性。

④ 指排名世界第一的钟表品牌。

瑞士日内瓦湖

2016 年 10 月

夹岸迢迢满眼绿，
长空渺渺晚霞红。
渐淡山峰天际没，
如镜湖水绽光明。
喷泉冲高华盖冠，
散落飞花浪涛腾。
日暮教堂钟声远，
廊桥倒影万盏灯。

加拿大温哥华印象

2018 年 10 月

三山环绕一面海，
风平浪静半岛湾。
气候温和宜居地，
拓荒淘金着先鞭。
借势发展产业布，
经济实力别有天。
高楼帆船奢华见，
林木苍翠枫叶丹。

加拿大落基山脉

2018 年 9 月

美加边界龙脊横，
妩媚万千傲苍穹。
山岩崚嶒极险峻，
雪峰冰川白灿明。
河流湖泊宛如玉，
林茂草萋云雾腾。
小镇静寂游人醉，
留影赋诗忘归程。

远眺落基山

2018年10月

苍松挺拔列阵俨，
壁立千仞绽雄姿。
积雪似云峰间绕，
一山四季景色奇。

采桑子

加拿大奥根娜根湖

2018 年 9 月

天蓝湖碧山峰耸，
百里纵横。
逐浪追波，
快艇新操险象生。

清晖凝露鸟低语，
鸭凫鸥轻。
日落霞红，
夜静风平客梦中。

加拿大梦莲湖

2018 年 9 月

伟岸婀娜绽秀色，
十峰举肩护瑶瑛。
舟划白练扰幽寂，
恐惊梦莲雁飞轻。

落基山沛托湖

2018 年 10 月

峰高岭峻叠嶂稠，
云杉列屏寒风休。
瀑布飞下千流汇，
碧湖冰川两春秋。
色彩阴晴迷客眸，
瑾瑜琼光画玉钩。
近观无路尘埃却，
登高远眺望眼收。

加拿大班夫国家公园

2018 年 10 月

花开漫野卷秋埃，
松杉纵横寒风衰。
青山滚滚依云尽，
雪峰皑皑带雨来。

浪淘沙

玛琳湖晨曦

2018 年 10 月

雨后泛云烟，
水碧山岚。
湖光涵映万顷间。
玉立苍松精灵岛，①
别具姿颜。

峰兀竞比肩，
径陡难攀。
野生动物好家园。
晓岸萍匝栖墨凫，
画意无边。

① 湖的中间有一个面积很小的岛，当地人称为“精灵岛”。

加拿大嘉士伯公园风光

2018 年 10 月

碎石沙丘白相间，
潺湲碧水一线穿。
蓝天云飘杳无际，
乱眼繁枝衔远山。

加拿大哥伦比亚冰原

2018 年 10 月

漫步凌云道，
双眸聚冰原。
峰多自成海，
积絮光影斑。
冰川凝白练，
冰舌似龙涎。
山脚潭水碧，
壑深鸟蹁跹。

落基山即景

2018 年 10 月

秋草凄茫野花黄，
碧潭玲珑娇羞藏。
雪山挺身挡风雨，
苍松雄姿志昂扬。

高原冰川印象

2018 年 10 月

冰川天铸万年成，
雪山弥高两侧横。
羊肠小道连广宇，
送我登顶览奇峰。

商海艺坛

参加全国人大十届二次会议有感

2004年3月

春风微拂花初放，
九州凝眸大会堂。
总理精描新蓝图，
代表诤言光华章。
抗非战涝[①]回天力，
勤政亲民树形象。
环球激荡我独静，
万众一心奔小康。

① “抗非”指春夏之交抗击非典型肺炎的全民战役；“战涝”是指当年南方多省的洪涝灾害。

西江月

参加全国人大十届三次会议有感

2005 年 3 月

杨柳抽芽吐绿，
群英荟萃京畿。
披肝沥胆献谠词。
共划富强大计。

高擎法律[1]旗帜，
维护祖国统一。
闻鸡起舞号角催。
四海齐心奋力。

① 此次会议审议通过《反分裂国家法》。

浪淘沙

参加全国人大十届四次会议有感

2006年3月

风暖溢梅香，
珍重韶光，
群贤献智聚华堂。
发展宏谟精心定，
虎翊龙骧。

连宋郁继访，[①]
神六遨翔，[②]
缅怀英烈国魂扬。
社会和谐同进步，
科学导航。

---

① 指台湾连战、宋楚瑜、郁慕明到大陆访问。

② 指“神舟六号”宇宙飞船遨游太空。

青年骨干太行拓展训练

2006 年 6 月

拓展训练进太行，
峻岭急攀汗洗衫。
凌空踏索伊甸桥，
蒙目互助过溪湲。
断板飞跨壮胆魄，
高墙翻越锤志坚。
归途盘桓伴星斗，
年少磨砺图未然。

小重山

参加全国人大十届五次会议有感

2007年3月

客岁回眸奏凯频。
跃阶增国力，
睦芳邻。
高彰荣辱世风淳。
多哈战，[①]
骁健属龙人。

迎瑞日华新。
群贤商大计，
聚京门。
和谐发展倍耕耘。
臻愿景，
万马竞先奔。

① 指2006年12月在卡塔尔首都多哈举行的第15届亚运会。

浪淘沙

阳光创业发展二十周年纪念大会

2007 年 3 月

商海二十年，
风云变幻，
坚韧拼搏越关山。
今宵欢聚话峥嵘，
泪洒心田。

发展开新元，
任重道远，
厉兵秣马奋扬鞭。
辉煌又铸再回眸，
更上云端。

迎九届国展书法点评会

2007 年 7 月

太行幽居觅百草，[1]
嬉闹放歌漳河滩。
点评研讨情真切，
国展冲刺意志坚。

① 在山西长治老顶山国家森林公园，有一个按照《周易》太极阴阳五行图建造的百草堂公园，园内种植着各种花草，据说在此居住可以延年益寿。

醉太平

承德坝上参加省商联会

2007 年 7 月

云悬碧空，
山幽草青。
塔眈林海花丛，①
月湖②镶翠坪。

华商冀英，
披襟坝风。
创新高论倾听，
顿身心旋轻。

① 指坝上最高处的塞罕塔。

② 月湖为景区内湖的名称。

新世纪东西两楼联通

2007 年 9 月

一桥飞架两楼街，
人流贯通汇财源。
坎坷多磨天不负，
露台庆功赏月圆。

小重山

参加全国人大十一届一次会议有感

2008 年 3 月

伟业传承战略明。
和谐谋发展，
史新铭。
嫦娥倩影掠苍穹。①
冰雪肆，②
尤见爱民情。

春早绿先萌。
群贤欣聚首，
奋鹏程。
千年盛事③喜相迎。
光阴迫，
征鼓震天鸣。

---

① 2007 年，中国成功发射“嫦娥一号”月球探测卫星。

② 2008 年春节前，南方出现罕见冰雪天气，各级政府为了能让农民工回家过春节做了大量的工作。

③ 指当时即将开幕的北京奥运会。

阮郎归

汶川地震寄怀

2008 年 5 月

山摇川裂厄波传，
中枢羽檄颁。
锐师十万[①]挽狂澜，
九州倾力援。

争献血，
罄囊捐，
同胞骨肉连。
国旗半降笛声酸，
悲情震地天。

① 指数万解放军指战员。

浪淘沙

邯郸支援崇州灾后重建感怀

2008 年 6 月

厄讯震人寰，
华夏倾援。
邯郸崇州[1]义相牵。
九百精英古镇聚，
奋命攻坚。

未晓即声喧，
夜战犹酣。
潮湿酷暑共辛艰。
栋栋新居忽矗立，
奇迹昭天。

① 四川省崇州市属丁地震灾区。

临江仙

赴省会传递奥运火炬感怀

2008 年 7 月

圣火石门[①]欣传递，
万民雀跃欢腾。
赵都[②]聚会壮征程。
号鸣旗舞，
意切更情浓。

火炬高擎飞健步，
挺胸昂首神凝。
英姿勃发漾春风。
心融奥运，
儿女献精诚！

① 石门即河北省省会石家庄的别称。

② 邯郸在春秋战国时期是赵国的都城。

水调歌头

北京奥运开幕式有感

2008 年 8 月

缤焰耀星夜，
倍见鸟巢宏。
磅礴缶阵，
激越唤起万夫腾。
华夏文明浓缩，
历史焜煌画卷，
光声电幻呈。
奔月燃圣火，
放鸽祈和平。

国旗艳，
阔步健，
溢豪情。
百年追此梦想，
今夕告功成。
盛典众朋齐赞，
妙构世人瞠目，
魅力撼心灵。
奥运数开幕，
精绝唯北京。

浪淘沙

北京奥运闭幕式感怀

2008 年 8 月

银铃声飞扬，
鼓乐激昂。
祥云斑斓宾朋亢。
愉悦畅快北京聚，
永志不忘。

健儿争拼抢，
奋发图强。
金牌称冠绽辉煌。
举国欢庆不眠夜，
邀月流觞。

忆秦娥

公司武汉工作会议

2009 年 2 月

春雨惬，
楚天英聚定方略。
定方略，
悉心谋划，
晓风夙夜。

前载峥嵘方话别，
今朝愿景从头越。
从头越，
万众奋发，
壮怀激烈。

风入松

参加全国人大十一届二次会议有感

2009年3月

昔年忧喜[①]两重天，
否泰踵相连。
江南多厄冰霜漫，
汶川裂，
惊震黎元。
却幸银河行步，[②]
神奇奥运谁堪？

今朝春早百花妍，
举世瞩京寰。
金融风暴[③]全球卷，
恃华夏，
力挽狂澜。
集智同谋方略，
齐心更著新篇。

---

① 指2008年的汶川大地震和北京奥运会。

② 指中国载人卫星登上月球。

③ 指美国次贷危机引发的全球金融风暴。

临江仙

新世纪广场开业十周年感怀

2009 年 9 月

云诡波谲谋略竞，[①]
拼搏终庆宏张。
容增[②]优聚几新妆[③]。
至诚守信。
十年铸辉煌。

玉露金秋诤友汇，
放歌情纵盈觞。
辟疆连锁[④]永引航。[⑤]
舟楫同力，
廿载续华章。

---

① 指新世纪广场建设之初，围绕业主出现的惊心动魄的竞争。

② “新世纪”的面积一增再增，由开业之初 5.6 万平方米到现在的 20 万平方米。

③ 指名优商品引进。

④ 指新世纪广场在邯郸区（县）及周边城市开设分店。

⑤ 指品牌外延和连锁发展。

临江仙

参加全国人大十一届三次会议感怀

2010年3月

忆昔匡危明智策，
复苏经济[①]称魁。
人心天合正仪徽。
阅兵华诞，[②]
国力振军威。

雪瑞云祥梅劲俏，
启新号角频吹。
黎元臻富景增辉。
神州虎翊，
欣看列旌麾。

---

① 2008年发生世界经济危机时，中国采取强有力的措施率先实现复苏。

② 指国庆60周年阅兵式。

新藏路夜宿偶记

2010 年 10 月

高销音讯子夜悉，[①]
欣喜难抑悄披衣。
临窗遥祈星和月，
飞行万里传贺仪。

① 有一天凌晨，新世纪微机中心发来集团三天销售突破 4300 万的信息。

浪淘沙

参加全国人大十一届四次会议有感

2011 年 3 月

梅绽聚京城，
献策言精。
蓝图擘画重民生。
经济跃层基础固，
环保先行。

岁启憶峥嵘，
探月元功。①
宏哉世博②壮威名。
给力东风吹浩荡，
愿景新赓。

---

① 指航天探月飞行器发射成功。

② 2010 年在上海成功举办世博会。

浪淘沙

重返铁路小学感怀

2011 年 6 月

弹指五十年，
母校重返。
儿时游戏旧曾谙。
矮室成华楼一片，
操场胶环。

同学纯真影，
校园歌欢。
忆先师笑貌浮前。
剪叶修枝芳八载①，
永驻心间。

① 1960 年至 1968 年，我在铁路小学上学，本应于 1966 年毕业，因“文革”多上了两年。

小重山

参加全国人大十一届五次会议有感

2012年1月

玉兔[①]躬耕风雨程，
宏观精把控，
价趋衡。
神八银汉吻天宫。[②]
谋长远，
文化力勃兴。

龙[③]瑞早春萌，
蓝图新擘画，
重民生。
寰环激荡我独宁。
闻鼓角，
步健目标明。

---

① 2011年为中国的兔年。

② 指“神州八号”航天探月工程。

③ 2012年是中国的龙年。

扬州慢

清明祭扫先考墓

2012 年 4 月

云细蝶飞，
塔院[①]深处，
献花洒酒焚香。
父别离十载，
每祭甚悲伤。
尚犹记，
突来病患，
命殒京畿，
茔伴秋黄。
夜无眠，
笑貌音容，
牵梦心装。

① 指邯郸赵王灵塔园。

忆昔庭训，
助友朋，
古道侠肠。
纵困苦艰辛，
笃学重教，
省己壶浆。
华盖运牛棚厄，
遭批斗，
韧忍坚强。
秉嘱托，
勤勉谦恭，
家睦兴长。

青玉案

赴马德里参加书法展感怀

2012 年 9 月

践约书展终成旅，①
喜相聚，
马德里。
盛筵流觞磋技艺。
作品清雅，
高朋共举，
华夏文明曲。

① 欧洲书法家协会于 2009 年和 2010 年先后到邯郸，并与邯郸市书法家协会共同举办了书法展，双方约定再到国外办展。

谊结缘定新世纪[①]，
恨晚知交梦期许。
异域重逢多挚语。
观光携手，
游兴逸趣，
日短情赓续。

① 指阳光集团的所在地新世纪商业广场。

浪淘沙

参加全国人大十二届一次会议有感

2013 年 3 月

航母助龙[①]骧，
神九云翔。
民生发展翼双扬。
继往开来十八大，
国运赓昌。

蛇[②]舞播梅芳，
贤聚华堂。
蓝图谋略拟周详。
亿众齐心鼙鼓震，
实干兴邦。

---

① 2012 年为中国的龙年。

② 2013 年为中国的蛇年。

踏莎行

《牧羊女》获法国沙龙展金奖感怀[①]

2013 年 12 月

巡展欧洲，[②]
卢浮优宠。[③]
婀娜牧女堪风景。
专家垂爱喜摘金，
证书高擎掌声动。

往事追思，
“文革”逆境。
擦肩美院复伤痛。[④]
经年路转笔重操，[⑤]
醉迷雪域圆童梦。

---

① 2013 年 12 月，我创作的西藏题材油画作品参加第 152 届法国国家艺术沙龙展，《牧羊女》荣获油画金奖，《人民日报》、新华社等媒体纷纷报道。

② 2013 年 8 月至 11 月，我创作的西藏题材油画、摄影、书法作品在法国、比利时、荷兰巡回展览。

③ 巡展引发轰动，第 152 届法国国家艺术沙龙展特邀我参加在卢浮宫卡鲁赛尔厅的展览。

④ 当时因家庭特定的政治因素，我两次都没能进入大学学习。

⑤ 1987 年，我因工作需要被迫放下画笔，20 年后又重新走上创作之路。

霜天晓角

参加全国人大十二届二次会议有感

2014 年 3 月

腾蛟起凤，
鼎镌功彪炳。
调控变革发展，
克险阻，
堪坚勇。

万骥恣竞挺，
鼓震旌旗动。
廉政富民环保，
齐奋力，
同圆梦。

踏莎行

天鸿广场开业[①]感怀

2014 年 10 月

东部勃兴，
谋局布点，
百联模式[②]古城版。
巧组业态费周折，
工程拼抢堪惊险。

国庆宏张，
群楼纵览，
游玩餐购集一站。
蹊径独辟战电商，
阳光史册开生面。

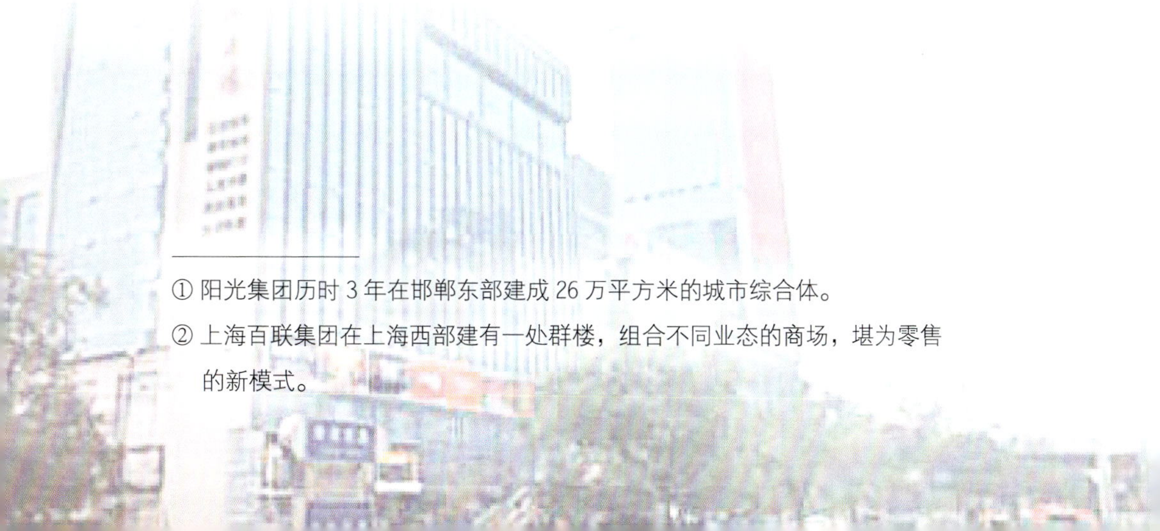

① 阳光集团历时 3 年在邯郸东部建成 26 万平方米的城市综合体。

② 上海百联集团在上海西部建有一处群楼，组合不同业态的商场，堪为零售的新模式。

踏莎行

参加全国人大十二届三次会议有感

2015 年 3 月

觥角峥嵘，
驱霾除害，
均衡经济新常态。
潺湲南水引丹江，①
涉深改革攻关隘。

策骥舒怀，
激昂澎湃，
华堂参政堪勤励。
正风固本聚民心，
国威提震铭千载！

---

① 指南水北调工程的源头丹江口水库。

行香子

新世纪北扩开业志庆

2015 年 9 月

时运油然，[①]
北扩发端。
精谋划，
设计超前。
苦心费煞，
祠庙东迁。[②]
品类重组，
克关隘，
历艰难。

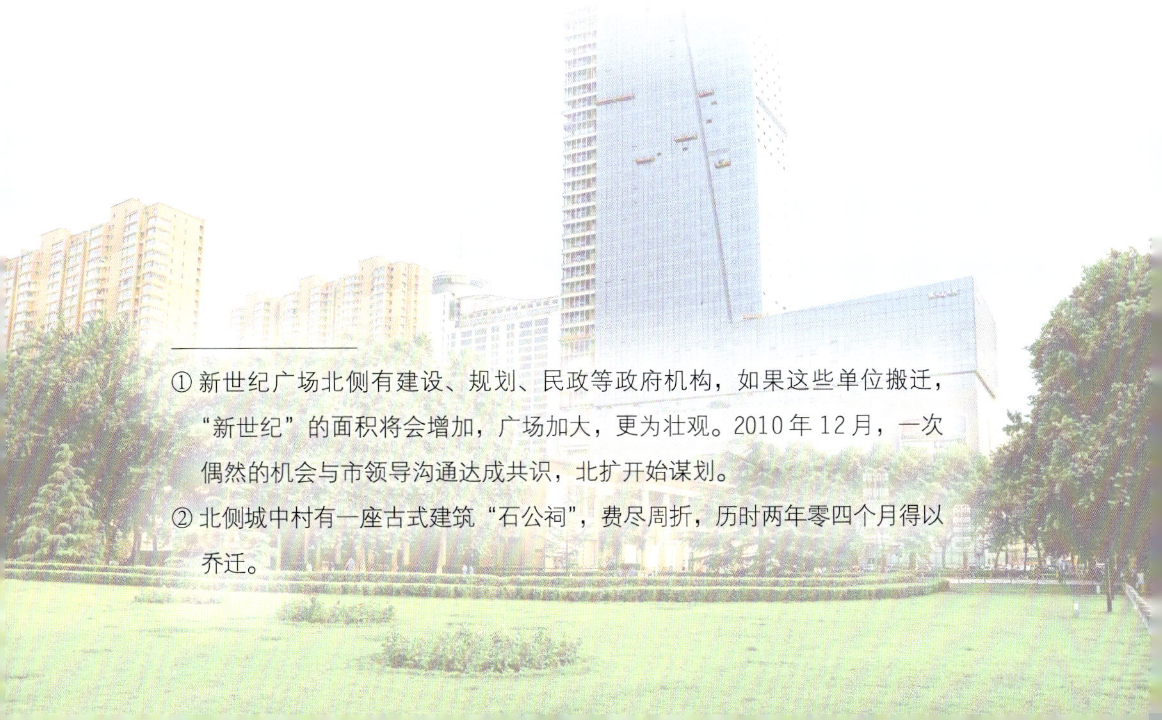

① 新世纪广场北侧有建设、规划、民政等政府机构，如果这些单位搬迁，“新世纪”的面积将会增加，广场加大，更为壮观。2010 年 12 月，一次偶然的机会与市领导沟通达成共识，北扩开始谋划。

② 北侧城中村有一座古式建筑“石公祠”，费尽周折，历时两年零四个月得以乔迁。

店庆开元，①
百姓惊颜。
新姿绽，
楼耸云天。②
阳光速度，③
史册雕镌。
审时应变，
搏激浪，
再扬帆。

③ “新世纪”店庆是 9 月 28 日，恰逢此时北扩开业。

④ 北扩塔楼阳光大厦高 181 米，居全市之冠。

③ 阳光发展中创造了很多奇迹，《邯郸日报》曾以“阳光速度”为题刊发长篇通讯。

电大毕业三十周年聚会感怀

2015 年 10

电大喜庚学子梦，
机缘命运巧相逢。
挑灯鏖战同砥砺，
晨读共伴启明星。
切磋互助披肝胆，
率直朴拙铸真情。
欣聚弹指三十载，
皓首追昔话峥嵘。

清平乐

列宾美院个人画展开幕

2015 年 11 日

涅瓦圣殿，①
星灿宸环冠。②
寻梦金秋应邀至，
展会空前盛典。

雪山牧女经幡，
藏风情注笔端。
沥血呕心数载，
殊荣更助云骞。

① 俄罗斯的列宾美术学院创建于 19 世纪初，坐落在圣彼得堡涅瓦河畔。

② 列宾美术学院因教学严谨、师资优异而成为世界上优秀的美术院校之一，从这里走出的列宾、苏里柯夫、希施金等大师更是享誉世界。

浪淘沙

参加巴黎沙龙展感怀

2015年11月

查理痛仍萌，
爆炸轰鸣。[①]
连环恐怖世人惊。[②]
画展如期踌躇至，[③]
难测吉凶。

客涌大皇宫。
赏艺从容。
劫波余悸忘九重。
刚毅高卢[④]磨难铸，
国运魂灵。

---

① 指2015年11月7日，恐怖分子袭击查理漫画周刊社。

② 2015年11月13日，恐怖分子在巴黎制造7起连环爆炸案，造成129人死亡。

③ 法国对比沙龙展于2015年11月24日在大皇宫开幕。

④ 古代法国人有一部分为高卢人。

风入松

参加全国人大十二届四次会议有感

2016 年 3 月

吉羊[①]谋略自屏帷，
大政现精微。
经济应对新常态，
着长远，
卓立严规。
反腐民心提振，
阅兵更壮国威。

祥猴[②]凝瑞唤春归，
征战角声催。
践行发展新理念，
供给侧，
实体堪为。
京聚齐襄宏愿，
击楫勇进攀追。

① 2015 年为中国的羊年。

② 2016 年为中国的猴年。

浪淘沙

参加巴黎沙龙展感怀

2017 年 2 月

巴黎画展行，
骚乱刚平。[①]
机空独我越云层。
昔次忆新今又是，[②]
胆魄谁同。

香街大皇宫，
观众长龙。
崇文尚艺不虚名。
佳作品读星月伴，[③]
淡定从容。

---

① 2017 年 2 月 2 日，巴黎一名黑人男子在北郊被警察盘查导致重伤入院。11 日，超过 2000 名巴黎市民上街示威，演变为骚乱，砸商店，烧汽车，袭击警察。之后又持续爆发了更大规模的抗议活动。

② 2015 年 11 月，巴黎恐怖事件发生 10 天后，我参加大皇宫的画展。

③ 开幕式从下午 3 点持续到晚上 10 点。

唐多令

参加全国人大十二届五次会议有感

2017 年 3 月

回首览勃兴，
神舟游太空。
亚投行，
此抢彼争。
西子风和欣际会，
大国范，
G20。

微雨润春生，
秾华芳满庭。
献铮言，
齐聚京城。
环保发展调供给，
精谋划，
奋躬耕。

沁园春

阳光创业发展三十周年感怀

2017 年 3 月

古赵逢春，
柳嫩花发，
天朗气清。
看百家门店，
张灯结彩，
万名员工，
笑语盈盈。
大厦弥高，
几多业态，
迎新纳瑞喜意浓。
庆功会，
放歌抒壮志，
诗颂精忠。

三十年弹指间，
忆往昔峥嵘风雨程。
记邯山起步，
困难绝大，
万达兴建，
险象环生。
又新世纪，
超市家电，
连锁拓疆航母成。
瞻宏景，
有辉煌再创，
老将新兵。

行香子

国博展览感怀

2017 年 12 月

圣殿国博，
大气恢宏。
个展启，①
云聚宾朋。
名家论道，②
媒体蜂拥。
感慨答谢，
情深切，
掌声鸣。

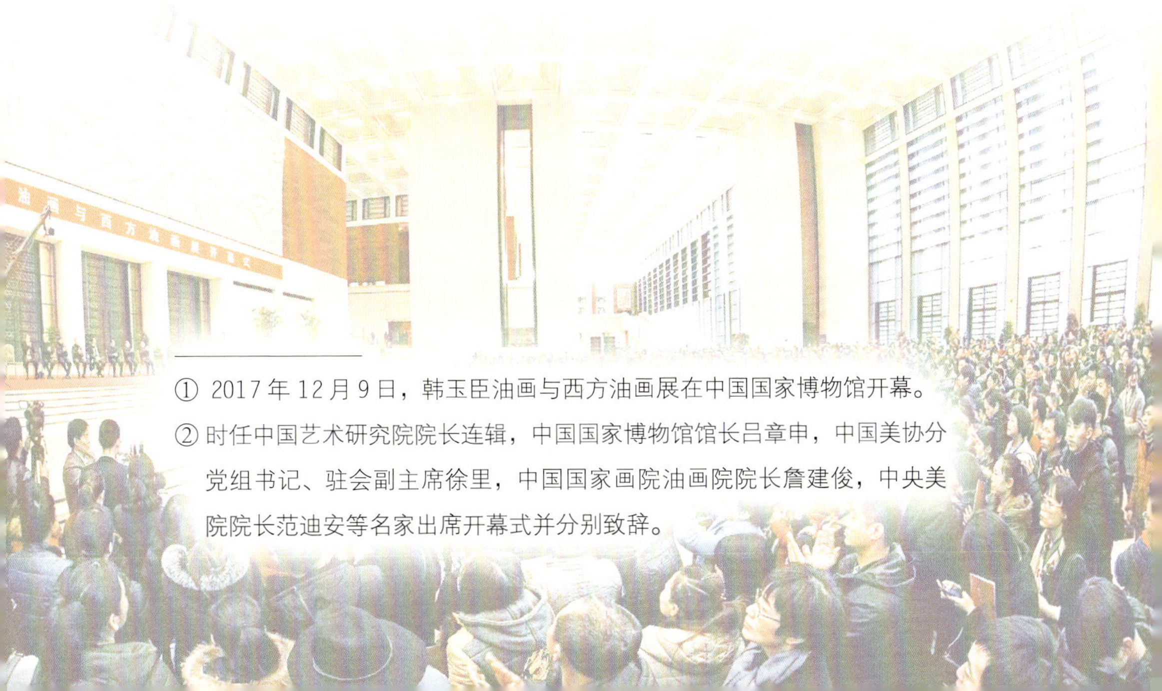

① 2017 年 12 月 9 日，韩玉臣油画与西方油画展在中国国家博物馆开幕。

② 时任中国艺术研究院院长连辑，中国国家博物馆馆长吕章申，中国美协分党组书记、驻会副主席徐里，中国国家画院油画院院长詹建俊，中央美院院长范迪安等名家出席开幕式并分别致辞。

藏风淳朴，
观众心倾。
收藏湛，①
画界堪惊。
现场模特，
印证真功。
艺术坚守，
五十载，
梦终成。

① 指韩玉臣收藏的 19 世纪欧洲油画。

沁园春

泣祭母亲

2018 年 7 月

域外参展，[①]
端午庭衔，
辞母雁行。
骤家传危讯，
半程回转，
惜隔数日，
母色昏蒙。
垂首俯身，
手抚声唤，
裂肺揪心泪纵横。
泣厮守，
默万千祈祷，
奇迹难生。

① 指 2018 年 6 月下旬至 7 月上旬，我计划赴英国参加大师杰作展。

天低云暗悲风，
顾遗范流年忆几曾。
遇饥贫年代，①
昼工夜洗，②
“文革”厄运，③
坚韧拼争。
育子成人，
童孙继护，④
朝起夕归白发增。
今哀哉，
有懿德光灿，
慈颜犹铭。

① 指1960年至1962年三年困难时期。

② 为维持家庭生活，母亲白天在工厂当装卸工，晚上洗涮缝补孩子的衣服。

③ “文革”时，父亲被打成反革命关进牛棚，全家搬到农村。

④ 指母亲照看孙子和外孙。

题跋贺赠

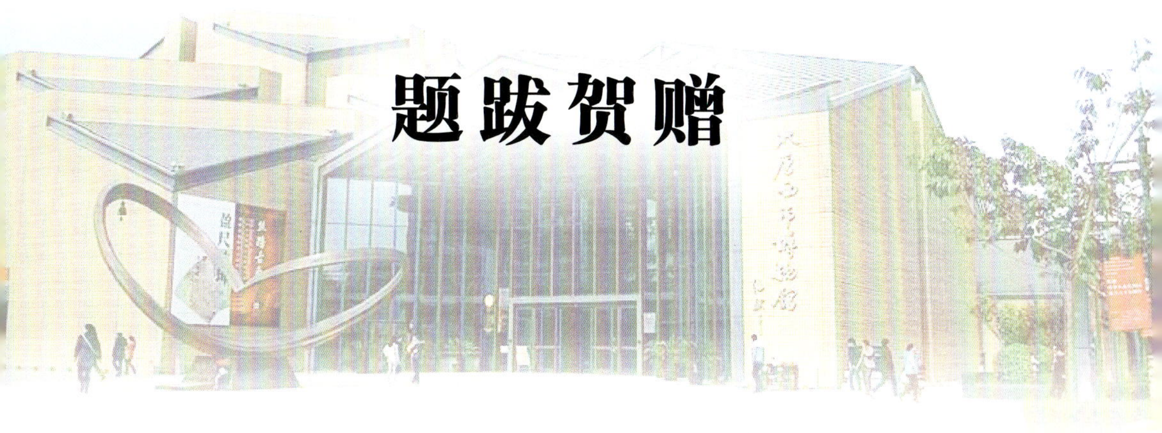

赞单田芳先生

2007年4月11日

诙谐幽默神飞扬，
浑厚沙哑音域广。①
隋唐一说②闻天下，
铁嘴钢牙③单田芳。

① 单田芳嗓音略带沙哑，极富个性。

② 指单田芳评书《隋唐演义》。

③ 曲艺界对单田芳的评价。

题赠波司登创业三十年

2006 年 9 月

几架缝机起山泾，①
踏破铁骑闯申城。②
借船出海扬风帆，③
审时度势唱新声。④
质优款奇潮流引，
踞要越洋织纬经。
呕心沥血三十载，
名牌铸就波司登。

① 1986 年波司登公司起步于常熟山泾村，当时有 8 架缝纫机、11 名员工。

② 申城指上海。

③ 当时为上海一家企业加工“秀士顿”服装。

④ 注册自己的品牌“波司登”。

新世纪广场开业十周年撰联

2009 年

规模增，名优聚，诚信铸，
生机勃发十年峥嵘路；

潮流领，连锁构，变革速，
任重道远廿载宏业图。

为新世纪三期工程开业

2007 年 1 月

两楼并，面积增，
规模恢弘中原最；

百业聚，品位升，
潮流首引燕赵名。

为邯郸机场首航题贺

2007 年 8 月

沐雨栉风十六载；
银燕飞临梦成真。

邯郸日报创刊六十周年撰联

2012 年 4 月

古赵甲子沧海桑田；
文传史载日报堪尊。

阳光沙龙迎新春茶话会撰联

2006 年 12 月

百杰展览聚[①]，
青塔湖畔游[②]，
欢歌笑语辞旧岁；

沙龙活动定，
和谐风气倡，
豪情满怀迎新春。

---

① 2006 年 9 月，阳光集团在邯郸举办“阳光 · 文化中国百杰书画精品展”，李铎、雷正民等参加了开幕式。

② 2006 年 10 月，阳光艺术沙龙在涉县青塔水库举办“迎兰亭大展”书法点评活动。

赠波司登总裁高德康

2008 年 10 月

波起阳澄，走苏沪，闯京津，
尽领栉风沐雨；

司职恪守，多品牌，扬寰宇，
康健德厚品高。[①]

① 此句藏“高”“德”“康”三个字。

为国庆六十周年撰联

2009 年 9 月

强本固基改革开放，
勃勃生机一甲子；

科学发展天人和谐，
欣欣向荣百载图。

赠无锡商业大厦董事长潘霄燕

2010 年 6 月

天道凌云霄；
商海高紫燕。

为八路军浴血太行撰联

2010 年 8 月

驱逐倭寇太行浴血；
舍身报国华夏英魂。

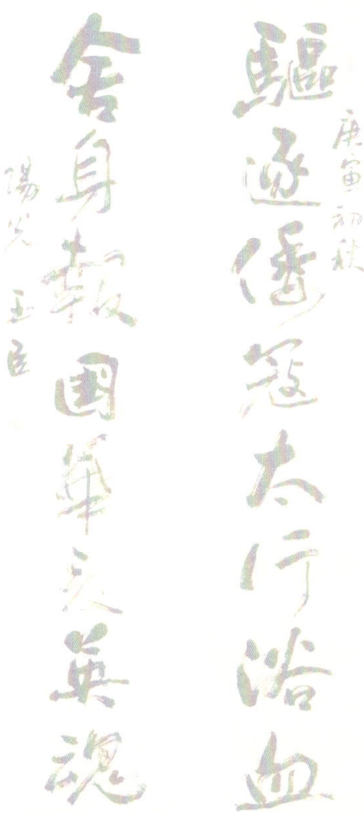

游临漳铜雀台[①]口占（一）

2011 年 4 月

铜雀春深风霜竟；[②]
魏武壮心日月昭。[③]

① 临漳古时称邺城，三国魏时设都于此，并修筑“铜雀台”。

② 援引唐代杜牧“铜雀春深锁二乔”句。

③ 指建安文学及影响后世的“建安七子”的文学风格。

游临漳铜雀台口占（二）

2011 年 4 月

邺城三台角鸣曲幽名天下；
建安七子慷慨悲歌冠古今。

为比利时两位朋友喜结良缘撰联

2012 年 8 月

有缘相识黄浦江畔同创业；

喜结连理海滨家园谢亲朋。[①]

① 两位朋友的家乡在比利时西部濒临大西洋的克诺克 - 海斯特。

为广平县新姿撰联

2012 年

滨河信步花红竹翠；
东湖荡舟水碧鹅飞。[①]

① 广平县别称鹅城，县城内的人工湖里常有鹅群游弋。

为邯山商场六十周年庆典撰联

2011 年 5 月

栉风沐雨沧桑辉煌甲子功；
薪火相传继往开来百年篇。

太极拳友会口占

2011 年 10 月

云手亮翅一展燕赵风采；
太极拳友十载马壮人强。

为广西十万大山百鸟乐园撰联（一）

2014 年 11 月

一泓碧水潺潺流远珠江引；①
百鸟霓裳翩翩起舞名山②啼。

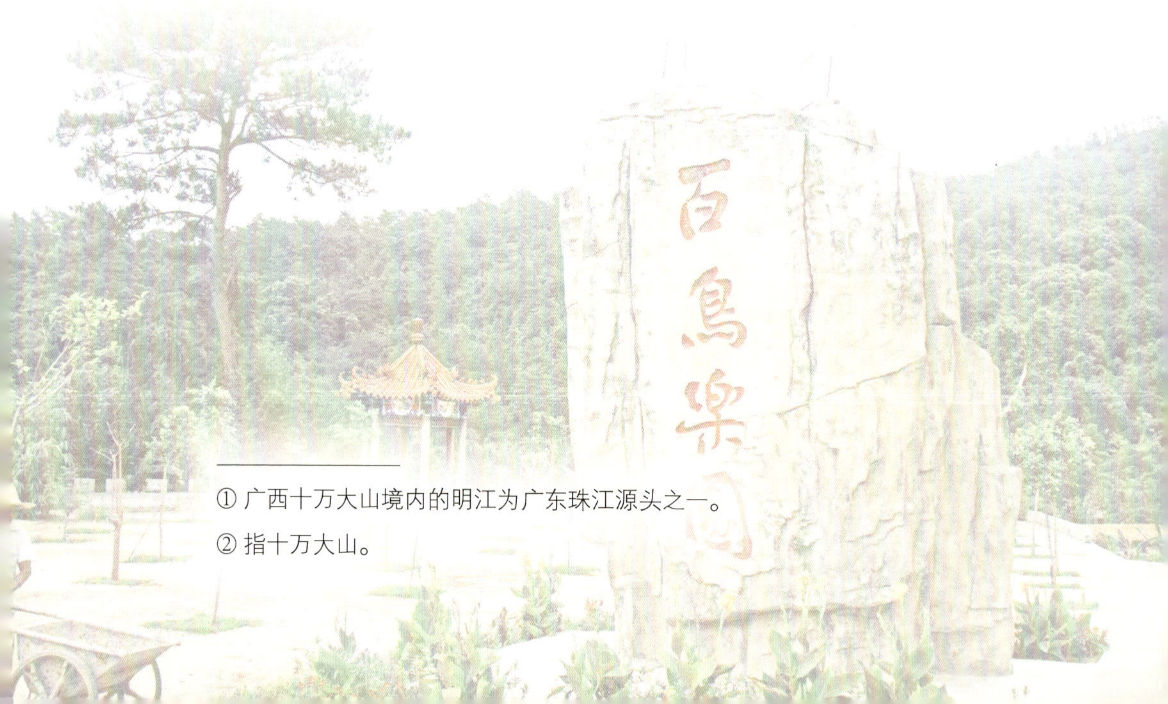

① 广西十万大山境内的明江为广东珠江源头之一。

② 指十万大山。

为广西十万大山百鸟乐园撰联（二）

2014 年 11 日

山严岭秀林茂竹繁清凉地；
风细云堆花奇草异养心居。

巴比松画家村口占

2013 年 10 月

民声吟颂米勒最；[①]
抒情散淡柯罗风。[②]

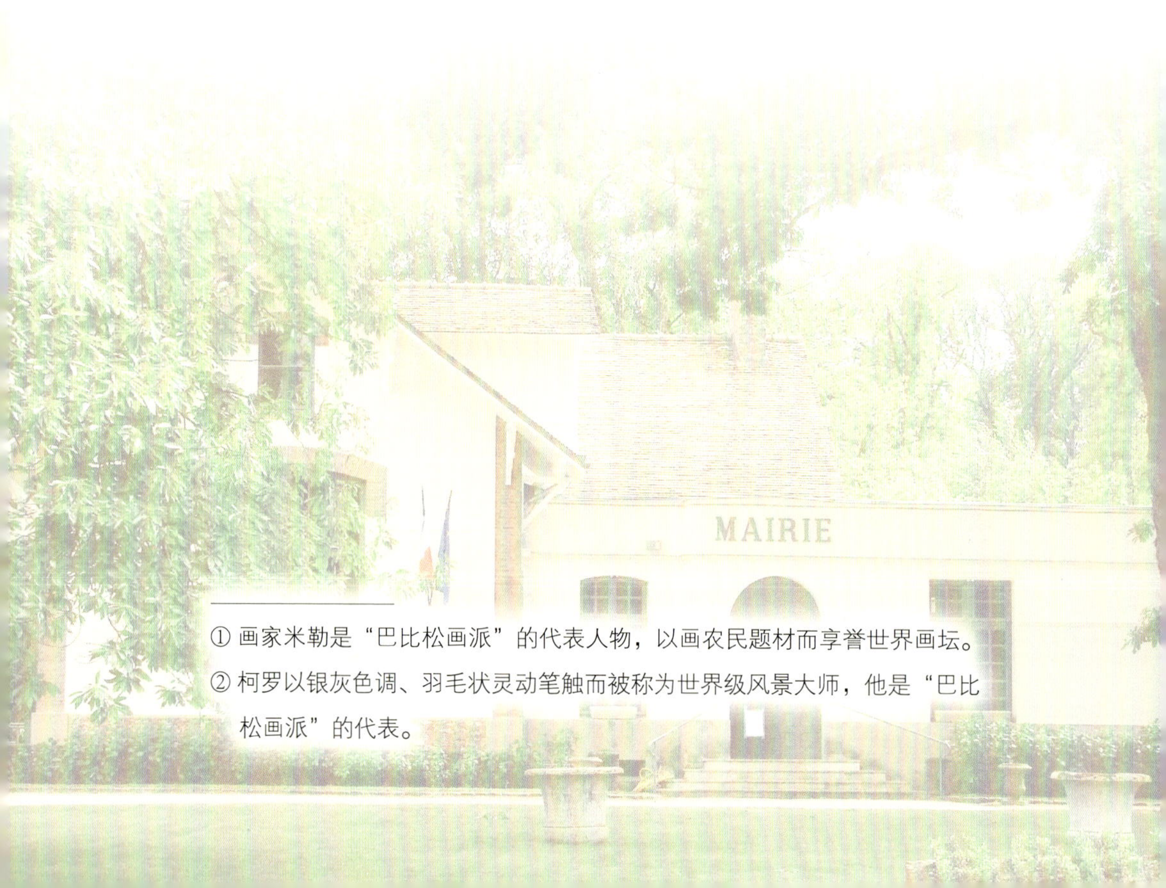

① 画家米勒是“巴比松画派”的代表人物，以画农民题材而享誉世界画坛。

② 柯罗以银灰色调、羽毛状灵动笔触而被称为世界级风景大师，他是“巴比松画派”的代表。

赠马来西亚书画家郑浩千先生

2014 年 10 月

笔墨浑浩；
气宇万千。

西安大唐西市商贸交流书画展

2015 年 6 月

千山万水商旅西域播种华夏文明；
一带一路世界新构历史开启纪元。

赠香港电影导演吴思远先生

2016 年 4 月

文韵神思；
风致高远。

为阳光超市“燕阳醇”酒题藏头诗

2016 年 9 月

燕赵豪客多，
阳关慨当歌。
醇厚不觉醉，
香远壮行色。